ダッシュエックス文庫

JN178016

元聖騎士団、今は中級冒険者。
迷宮で捨てられた奴隷にご飯を食べさせたら懐かれました

とーわ

第一章 ◆ 大迷宮に挑む者たち

1 迷宮と冒険者

『この世の果て』エルバトス。大陸中の冒険者が集まるその都市には多くのギルドがあり、魔物退治から秘宝探索、護衛任務といった無数の依頼が持ち込まれる。

なぜこの世の果てと呼ばれているかというと、エルバトスの近隣には『ヴェルデ大迷宮』があるからだ。この迷宮は広大にして深く、無数の魔物が棲息《せいそく》していて、誰の踏破《とうは》も許してはいない。

それほど危険な場所でありながら、なぜ入れ替わりを続けながら冒険者が集まり続けるのか。答えは一つだ――大迷宮で宝を見つけて持ち帰れば、場合によっては生涯遊んで暮らせるだけの大金が手に入る。

俺の目的は金ではなく、他にあるのだが――迷宮に潜《もぐ》るには準備が必要で、街で生活するためにもある程度は稼がなければならない。

そんなわけで、今日も迷宮の浅い層での狩りの仕事を終えて、いつも世話になっているギルド『天駆《あまか》ける翼馬亭《よくばてい》』に戻ってきた。

「お帰りなさい、ファレルさん」

カウンターの中で、受付嬢のイレーヌが出迎えてくれる。

ファレル・ブラック、それが俺の名前だ。冒険者を始めて七年目、年齢はおそらく三十代半ば——生年が定かじゃないので、だいたいそれくらいだ。

「怪我《けが》などは……してないみたいですね。良かった」

「ああ、問題ない。これが『バンパイアバット』の討伐の証《あかし》だ」

バンパイアバットは迷宮の一層から棲息しているが、まだ経験の浅い冒険者にとっては危険な魔物で、よく中級冒険者向けに退治の依頼が出されている。

革袋から『蝙蝠《こうもり》の牙』を出して、討伐証明として提出する。魔物討伐で日銭を得るには、こういった証明品が小さく、軽いものであると楽でいい。

「あっさり出してくれますけど、いつもいつもすっごく討伐数が多いですよ？　ありがとうございます」

「『魔物の渦』からいくらでも出てくるからなあ。出てくるからには倒さないと」

イレーヌは少し呆れたような顔をしている——無理もない、報酬は五匹倒すだけで出るのに、その十倍は倒してきてしまった。

「ファレルさんが掃討《そうとう》の仕事を受けてくれるのは、私たちとしても助かりますが……やっぱり昇級試験を受けた方が、実入りはずっと良くなりますよ？」

「今くらいが俺にはちょうどいいんだ。勧《すす》めてくれるのはありがたいが」

「そんなこと言って……今日もまた、お仕事のついでに何か持って帰ってきてません？」

蝙蝠の牙とは別枠にしている『魔法の収納具《ザック》』。この中には、迷宮の中から持ち帰った食材が入っている。

「迷宮の魔力が含まれた食べ物って、みんな進んでは食べないんですけど。ファレルさんは本当にお好きですね」

「魔力っていうか、瘴気《しょうき》を気にしてるんだろ。ちゃんと処理すれば問題ない。ほら、こんなふうに」

このザックは魔法がかけられており、見た目よりも容積がずっと大きい。中に手を突っ込んで取り出したのは、迷宮二層の秘境で見つけた『マルーンキング』の尻尾肉だ。切り取った尻尾をすぐに『祝福の紙』で包めば、瘴気が移ることはなく安全な食材となる。

「ああっ……魔物だって分かってるのに、そうやって美味《おい》しそうな感じにして持って帰ってきて。いつもいつも、私を誘ってるんですか？」

「ご希望ならいつでもご馳走《ちそう》したいが、俺も皆に妬《ねた》まれたくはないからな」

ギルドの男連中から熱烈な人気を博しているイレーヌを家に招いたとなれば、夜道に気をつけなくてはならなくなる。

「それだと、恨まれないならいいって言ってるような……」

「え、何だって？」

「いいえ、何でも。蝙蝠の牙が五十個で、銀貨十五枚になりますね」

　バンパイアバット一匹あたり銅貨三枚。マルーンキングの尻尾は美味だと知られているにもかかわらず、毒があるとも言われて値がつかない。本体にも素材として価値はあるが、持って帰るにはデカすぎる――尻尾は切ってもまた生えてくるので、現状では倒してしまわないほうが得だ。

　迷宮は一層ごとが広く、俺が二層で見つけた秘境に他の冒険者が辿《たど》り着く可能性は低い。一つ一つのパーティがそれぞれ地図を作っていて、財産と言える価値がある。

「あ、そうだ……ファレルさん、外から上位パーティの『黎明《れいめい》の宝剣』が来てるって話は聞いてます？」

「噂程度には。みんな苦戦してる深層に挑むって話だな」

「それなんですけど、ちょっと気になる話を耳にして……あのパーティが三日前に大迷宮に潜って、戻ってきた時には人数が一人減っていたんです」

　迷宮内で冒険者が死ぬのは、言ってしまうと珍しいことじゃない。

　死亡者が出ると救助隊が依頼を受けて亡骸《なきがら》を回収し、教会で蘇生を受ける。蘇生代金は高いが、払えなかったとしても無利子で借金として課される――大迷宮の探索からリタイアする原因の最たるものは、この借金で首が回らなくなってしまった場合だ。

「……気になる話って、救助要請が出てないとか？」

「ご明察です。『黎明の宝剣』の人たちは、もう一人のメンバーが生きていると考えているみたいなんです」

特定のギルドに出入りしているパーティに、他のギルドが干渉《かんしょう》するというのは滅多《めった》にない。

それでもイレーヌがこの話をしているのは——この事態について、俺の意見を聞きたいということか。

「『黎明の宝剣』は到着初日で迷宮に入り、その日のうちに離脱しています」

「つまり、残された奴は二日以上迷宮の中に一人でいる可能性があるわけか」

「はい、すごく危険です。もし命を落としたとして、救助が遅れてしまうと蘇生ができなくなる可能性もありますし」

そのパーティのリーダーは何を考えているのか。メンバーを一人だけ置き去りにするというのは、有罪にもなりうる行為だ。

それでもそんな行動に出た理由は、一つしか考えられない。

「……戦闘奴隷か」

「はい……そういうことです。戦闘奴隷であれば、残していってもお咎《とが》めは受けません」

全員で行動すれば生存確率が上がるところを、その奴隷に任せたということは、奴隷の実力は相当なものだと考えられる。

それならば、まだ生きている可能性はある。イレーヌもそう思っているのだろう。

「深層で活動できる時間は限られます。瘴気を防ぐマスクの効力切れまで、もう時間が……」

「……これは全然関係ない話なんだが。しがない中級冒険者の手に余るような、深層行きの仕事があったりはしないか？　それも単独《ソロ》に限るという、とびきり奇特なやつだ」

「っ……ファレルさん……」

イレーヌが目を潤《うる》ませている——そして俺の手を取ろうとするが、他の冒険者の目があると気づくと、自分の手を引っ込めた。

「ま、まあ……俺としても、行きがけの駄賃は欲しいというか。セコいおっさんで悪いな」

「深層に一人で行けるなんてファレルさんくらいなので。それも、いつもの薬屋さんの依頼なので報酬も抑え目ですし」

深層の依頼とはいえ、魔物との戦闘が必須《ひっす》でなければ報酬の下限は低くなる。俺も世話になっている薬屋なので、あの店主の姐《ねえ》さんから報酬をもらうというのは、薬を買うために払った金がぐるぐる回っているようなものだが。

「というより、ファレルさんを指名してるみたいなものですよね。薬屋のメネアさんとは、時々一緒にお酒を飲んでたりという目撃情報も……」

「い、いやそれは……偶然居合わせて同席しただけだから。付き合いってやつだから」

「本当ですか……？　はっ。す、すみません、ファレルさんがお仕事を受けてくれたのに、疑うようなことを……」

「急いだ方が良さそうだし、準備ができたら大迷宮に行く。メネアさんの依頼なら、契約も簡易でいいだろう」

「そうですね、ファレルさんなら。では、前金をお支払いしておきますね」

中級冒険者が迷宮四層までを対象にした依頼で得られる報酬は、高くても金貨五枚くらい。

それが五層以降になると深層依頼の扱いとなり、前金で金貨二枚、成功報酬が白金貨一枚くらいが最低ラインとなる。普通、深層依頼は上級冒険者にしか発注されないのだが、イレーヌにとって俺は例外らしい。

新しい食材に出合いたい。それが大迷宮に潜る最も重要な理由だが、装備の修理代金、調理設備の拡充に使う金、迷宮で見つかる食材以外の換金できるものの採集など、資金を稼ぐことも同じように重要だ。

「ファレル、帰ってきたばかりなんだろ？　そんなに急がないで飲みにでも行こうぜ」

「ああすまん、ちょっと急ぎの仕事が入ってな」

ギルドには食堂が併設されていて、そこにいる冒険者たちはほぼ顔見知りだ。このグレッグという男は俺と同年代くらいで、一緒に迷宮に入ったこともある。

「また今度、一緒に依頼受けてくださいよー。ファレルさんがいると勉強になるので」

「まったく、お前さんが一人で大迷宮に向かうたびに心配になる。いくら慣れていても事故は起こりうるものなのだぞ」

盗賊《シーフ》のクリムは獣人族で、もう一人の老僧侶《プリースト》のオルセンはドワーフだ。二人ともしばしば勧誘してくれるが、俺はどのパーティにも所属する気がないので、ありがたくも断っている。

「ちゃんと無事で帰ってくるよ。また機会があったらワンポイントで誘ってくれ」

俺が深層に行くための着実な経路を知っているとかは関係なく、心配してもらえるのはありがたいことだ。

「さて……無事でいるといいが」

『黎明の宝剣』については俺も噂くらいは聞いている。各地のギルドで最高難度の依頼を受け、遂行《すいこう》したという華々しい実績がある——そんなパーティが、同行者を見捨てるなんて行動に出たとは思いたくはないが。

全ては自分の目で確かめてからだ。町外れに出て移動用の鳥竜《バドロス》を借り、ヴェルデ大迷宮の入り口に向かう。

食糧の持ち込みは最低限、依頼遂行の想定時間は半日。それが、深層に向かう場合の俺にとっての平常運転だ。

2　特級パーティ

大迷宮の入り口近くには鳥竜の管理所があり、ここで預けることになる。鳥竜を迷宮内に連れていくと負傷させる危険があり、瘴気で言うことを聞かなくなる場合もあるからだ。

「ファレルさん、数時間前に迷宮から出たばかりじゃなかったですか？」

鳥竜の世話をしているラッドという青年が尋《たず》ねてくる。事情を話すかどうか考えたが、吹聴《ふいちょう》して回るようなことでもないだろう。

「急ぎの依頼でな。俺の場合、単独《ソロ》だから小回りが利《き》くんだ」

「それって頼りにされているっていうんですよ。いいなあ、あのイレーヌさんが頼ってくれるなんて」

「仕事は仕事と徹底するのが、長く冒険者をやる秘訣《ひけつ》だ」

「おお……！　僕も後輩ができたらそれ絶対言います！」

やめておけと言いたくなるところだが、そうこうしてはいられない。俺は鉤《かぎ》付きロープなどの荷物を確認すると、大迷宮の入り口に向かって歩き出した。

すると、すぐ横を緋《ひ》色の鳥竜《バドロス》に乗った一団が通っていく——周囲の冒険者たちは立ち止まってそれを見ていた。

「あれが『黎明の宝剣』か。鳥竜をあんな頭数連れていって大丈夫なのかね」

「瘴気避けのマスクの性能がいいらしい。あいつらに俺たちの常識は通じないよ」

どうやら『黎明の宝剣』が同行者を一人置き去りにしたことは公《おおやけ》になっていないようだ。ギルドのみがその事実を把握していて、対応を決めかねていたのだろう。

もし『黎明の宝剣』が置き去りにした相手を救出に向かうなら、俺は薬品店の依頼をこなすだけだ——そう考えかけたが、その想像はすぐに悪い意味で裏切られた。

緋色の鳥竜は迷宮に入らず、ただ出入りする人間を遠巻きに見ているだけだ。周辺にいるギルド員がそれに気づき、『黎明の宝剣』に近づいていく。

「あの、お伺《うかが》いしてもよろしいですか。これから迷宮に入られるんですか？」

「俺たちは確認に来ただけだ」

「確認……というと？」

「別に何をしてようと私たちの自由でしょ？」

「は、はい。ですが皆様は特級パーティですし、ギルドとしてもこのたびのご来訪において、ぜひご活躍を……」

「指図をするな。お前たちは自分の仕事をしていろ」

「っ……も、申し訳ありません。失礼しました」

リーダーの男に威圧されて、ギルド員が離れていく。それを見ていた俺に、男がふと視線を向けてきた。

「リーダー、知り合い？　なんか視線が不愉快だからやっちゃおうよ」

「いや。あの装備を見るに、ただの雑魚《ざこ》だろう……構う必要はない」

「結構ガタイは良さそうだし、背負ってる剣も年季が入ってるようだ。まあ俺の相手じゃないけどな、ガハハッ」

「あんなボロボロのマントだし、ただの貧乏人でしょう」

勝手なことを言ってくれている――男が三人、女が三人という編制だが、やはり特級だけあってそれぞれ実力者のようだ。

「……何を見ている？　俺の気分を害する前に失《う》せろ」

「いや。夕方から迷宮に入るのは誰でも怖いからな。あんたたちはそこにいろよ」

「っ……貴様……」

彼らが何をしているかは分かっている――残してきたメンバーが出てきていないかを確かめ

に来たのだろう。

　何か言わずにいられなかったのは、俺もまだ血の気《け》が多いということなのかもしれない。平穏に生きたい人間にはあるまじきことだ。

「何あいつ……今から一人で迷宮に入るつもり？」

「それは勇気ではなく蛮勇というものです」

「いや、俺は買うぜ？　あのおっさん、ジュノスに噛みつくとはなかなかの根性だ」

「この迷宮に慣れているつもりだろう。雑魚に割く時間はない、行くぞ」

　ジュノスというのが『黎明の宝剣』のリーダーらしい。中級の俺に対して怒るのも無為と見たのか、パーティを連れて去っていく。

　彼らは大迷宮の一層に入っていくが、仲間を助けるつもりがあるのか――それは分からないが、俺はやるべきことをやるだけだ。

◆◇◆

――ヴェルデ大迷宮　一層西部　『祈りの崖』――

　大迷宮の一層は、迷宮といっても外部と環境があまり変わらず、瘴気も薄い。

　多くの冒険者は一層中央にある『岩柱の坂』を降りて二層に向かうが、そういった順路をまったく無視する方法が幾つもある。

　一つは、下の階に転移できるような仕掛けを利用する。転移の魔法陣や、わざと罠《わな》にかかるなどの方法でできることだが、これは転移先で強敵に遭遇したり、一気に瘴気が濃い場所に移動してしまうなどのリスクがある。

　もう一つは、簡単に越えられない地形を踏破する。例えばこの『祈りの崖』は、飛び降りて運良く迷宮の植物に受け止められるなどして、生き残ることに賭ける者がいたとされる場所だ——今は自殺行為とされていて、誰も挑む者はいないが。

「……おっ、今日もいるな」

　この崖を降りると、深層である第五層まで一気に辿り着ける。それは、五層に棲息するような魔物がここまで上がってこられるということでもある。

　魔物は人間と違って瘴気を好むので、理由がなければ上に移動することはない。だが『グライドアーム』という魔獣は例外で、今もすぐ下の宙空を飛んでいるのが見える。

　このグライドアームの力を借りて、祈りの崖から深層まで安全に滑空していく。それが現状俺が知る中で、最も速い移動方法である。

　魔物の力を借りずに降りていくと容赦なく飛行生物の攻撃を受けるのだが、グライドアームにぶら下がって運んでもらうと攻撃の対象にならなくなるのである。

　こちらに近づいてくることがないグライドアームをどうやって呼ぶか。彼らは音に敏感なので、笛を吹けばいい——餌付《えづ》けをした個体が俺を覚えていて、すぐに飛んできてくれる。

「ガルッ」

　グライドアームは翼竜の一種で、体長は人間の大人と同じくらいだ。前足で掴む力が強く、ロープにつけた鈎を握ってもらうと絶対に離さないでいてくれる。

竜の鱗《うろこ》などは貴重な武具の素材になるため、グライドアームは乱獲《らんかく》の対象になったこともある——人間に対する警戒心の強さはそれが理由だ。

「今日も元気そうで何よりだ。下まで連れていってくれるか？」

『マルーンキング』の肉を取り出し、グライドアーム——普段はグラと呼んでいる——の口に入れる。俺が食べたいくらいのご馳走だが、これからひと仕事してもらうのだから相応の対価は必要だ。

「ガルル、ガルッ」

「おお、満足か。そいつは良かった……顔は舐《な》めないでくれ、唾液《だえき》が……」

魔物使いでもないのにこんなことをしていると、他の冒険者に見られた時に『襲われている』と勘違いされかねない。赤の他人を助けようなんていう物好きがやってきてしまう可能性もなくはないので、鈎付きロープをグラに握ってもらい、ただちに飛び立たせる。

ゴォォ、と風を切って滑空していく。グラは時折羽ばたいて軌道を変え、他の飛行生物にぶつからないように避けていく——異様に発達した牙を持つ『スカイワーム』は三層の生物で、グラの力を借りないとこちらを見るなり突進してくる厄介な奴だ。

「ん……グラ、どうした？　そっちはいつもと方向が違わないか？」

「ガルルッ」

翼竜の言葉が理解できるはずもないので、悪気があるわけではないということしか分からないが——深度計を見てみるとちょうど三層くらいのところで、グラがある方角に向かい始めた。

迷宮の植物は際限なく大きくなるものがある。どれくらいの高さがある木なのか、迷宮の樹木の枝が張り出していて、降りられそうな足場を形成していた。

「これって……何かの巣か？　グラたちの仲間のものじゃないよな」

「ガルルッ」

枝を使って作られた、巨大な鳥の巣のようなもの。迷宮の樹木で営巣《えいそう》する生物がいるということか——その鳥の巣の中に、光るものがある。

「見たことがない葉だ……実もついてる。鳥がどこかから集めてきたのか？」

「グルル、ガルッ」

これの存在を俺に伝えたかったということなら、持って帰ってみるか。どうやら営巣のために集めた植物にそれが混ざっていただけのようだが。謎の葉と実は採取してもずっと光ったまま だ——生命力というのか、そういうものを感じさせる。

ふたたびグラの足にぶら下がり、瘴気が濃くなってきたのでマスクをつける。ここから目的の深層まで、いくらも時間はかからずに着けそうだ。

3　深層

——ヴェルデ大迷宮　五層　『曙光《しょこう》の洞《うろ》』——

グラが滑空する速度を緩《ゆる》め、安定した足場を探して着陸する。

深度計は五層を示している。交換用のマスクはあるが、活動できる時間は長くて六時間ほどといったところか――それ以上は、結界石つきのテントでもなければ凌《しの》げない。

「また俺はここに戻ってくる。笛を鳴らしたら来てくれるとありがたい」

「グルル……」

俺はグラの顎《あご》を撫でてつつ肉を与える。ガツガツと食べた後、舌なめずりをして、グラは上空の霧《きり》の中へと飛び立っていった――霧のように見えるが、あれは植物の胞子《ほうし》だ。吸い込みすぎると肺を病《や》むが、迷宮の魔物にとっては無害らしい。

迷宮の中でも時間によって明るさが変わるが、この辺り一帯は時間に関係なく明るいので、『曙光の洞』という名がつけられている。

（依頼の品はすぐ見つかりそうだが……おっ……）

近くの岩窟に足を向けて中を覗《のぞ》いてみると、すぐそこに茸《きのこ》が生えていた。

依頼書の内容と照合していくつか採取し、他の荷物に影響を与えないように専用の袋に入れて収納具《ザック》にしまう。

迷宮の菌糸類は生命力が強すぎるものがあったり、逆に環境が変わるとすぐに常態を保てなくなってしまうものがあるので、持ち帰るにも注意が必要だ。迷宮素材の取扱免許を得た薬師《くすし》でも、工房の中で全身からキノコが生えた姿で見つかることもある――俺に依頼してくれたメネアさんは、そんなヘマはしないと言っていたが。

迷宮内は風景が変わりがちなので、毎回目印になるようなものをいくつか記録して方角を把握している。前にここまで来たのは一週間前——幸いにも環境の変化は少なく、自作の地図を見ながら進む先の目星をつける。

五層に降りた特級パーティが向かうとすれば、どちらの方向か。考えられるとしたら北側——そちらの方角には『古き竜の巣』と呼ばれる場所があり。かつてそこを棲《す》み家《か》にしていた竜が集めた財宝が眠っていると言われている。

（入ってはならないとされてはいるが。その警告を無視できる者がいるとしたら、特級パーティくらいだろう）

何度も五層に降りている俺も、入り口までしか足を向けていない。それは『古き竜の巣』に入ったパーティが、何組も全滅の憂《う》き目に遭《あ》っているからだ。

今探索が進んでいるのは五層南部で、そこに六層に降りる道がある。四層に上がれば『中層街』と呼ばれる場所があり、そこを拠点《きょてん》にして続けて六層に挑んでいくようなパーティもいる——だがそれほどの実力者でも、他のパーティの救助に労力を割く余裕はない。

（『黎明の宝剣』がどこで何をしていたのか……俺の目星が外れたら、中層街に上がって聞き込みでもするしかないか）

俺は『奇特な依頼』のついでに人探しをするだけだ。できれば見つかればいい、その程度の話でしかない。

だが、急がない理由もない。『古き竜の巣』を目指す経路を地図上で割り出し、できるだけ魔物を無視して進んでいく――すると。

「――ワォォーンッ!!」

シャドウウルフ――迷宮外の狼よりも一回り大きな体軀を持ち、深層初心者にとって脅威《きょうい》となる急所攻撃をしてくる魔物。

「――おぉぉっ!」

「ギャウゥンッ……!?」

背負った剣の柄《つか》に手をかけ、片手で振り抜く――剣の腹でシャドウウルフを弾《はじ》き飛ばすと、その身体はキリモミしながら飛んでいった。

この長剣は、並の大剣よりも重量がある。重さと速さ、それが純粋な威力を生む。

仲間がやられると群れで囲んでくるのがシャドウウルフの習性だが、遠巻きに見ているだけで何もしてこない。俺が視線を向けるとたじろぎ、逃げていく奴もいた。

幸いにも他の魔物に遭遇することなく、走り続ける。『古き竜の巣』の入り口は谷の向こうにあり、一本橋になっている岩の道を渡る必要があるのだが――その前に、道を塞《ふさ》ぐように誰かが立っていた。

「これより先には進むな。亡竜《ぼうりゅう》の怒りに触れている」

聞こえたのは女性の声だった。若い声だが、全身を蓑虫《みのむし》のような衣《ころも》で覆《おお》っていて得体が知れない――帽子を深く被《かぶ》り、顔の下半分をマスクで覆っているが、目には澄んだ光を湛《たた》えている。

「亡竜……この巣の主《ぬし》だった竜のことか。なぜそれが怒っていると分かる?」

「竜は宝を侵《おか》す者を許さない。たとえ亡霊となってもだ。今、この巣の中にいる者はいずれ死ぬ。入ればお前も死ぬぞ」

「『黎明の宝剣』ってパーティが、深層に同行者を残していった。それは知っているか？」

「……彼らが犯した罪は、彼らの仲間が償《つぐな》わなければならない。生贄《いけにえ》は、必要だ」

彼女は『古き竜の巣』で何が起きているのかを知っていて、行くなと言っている。

迷宮の中でも瘴気を浄化できる環境を作り、暮らしている者たちはいる。彼らは地上から来た冒険者と必ずしも敵対はしないが、彼らには彼らの掟《おきて》がある。

『黎明の宝剣』はその掟を破った。『古き竜の巣』で罪とされることを行った――だが。

「ここに一人で残されるようなことを、自分で望むわけがない」

「……なぜ、それほど他者のことを気にかける？　ここまで一人で来られるほどの者が」

「そういう理由を考えたことがない。どうしても駄目だというなら、あんたを押しのけていくわけにもいかないしな……どうするか」

どうすれば『古き竜の巣』に入ってもいいのか。それを尋ねようとした時、谷の向こうに彼女が視線を向けた。

「……中から何も持ち帰らないこと。持ち帰るならば、あの竜の巣の深奥《しんおう》まで入らなければならない」

「戦利品を持ち帰るなら、完全に攻略しろっていうことか。『黎明の宝剣』はそれをしなかったんだな」

「中の者は、墓荒らしの仲間だと認識されている。それを覆《くつがえ》すには……」

「『黎明の宝剣』との契約に類するものを、破棄すればいい……ってことで合ってるか？」

彼女は答えなかった。ただ、目を見開いてぱちぱちと瞬《まばた》きしている。

「……迷宮の民《たみ》ではないのに。なぜ、それほどよく知っている？」

「なんとなく当たりをつけただけだ。今聞いた条件は必ず守る。それなら、入ってもいいか」

しばらくの間《ま》を置いて、頷《うなず》きが返ってくる。俺は彼女に頭を下げ、竜の巣に渡る岩の道に踏み出していく。

「……できれば、死なずに戻れ」

「ああ。ありがとう、あんたがそこにいてくれて良かった」

そういえば、互いに名前も名乗っていない――ここで死ぬつもりはないので、戻ってから話せばいいことだ。

4　古き竜の巣

岩山を刳《く》り貫《ぬ》いたような『古き竜の巣』に入る――すでに、奥から激しい音が聞こえてくる。

「――っ！　――ぁあっ！」

嗄《か》れた喉《のど》から無理矢理に出しているような声。

何か硬いものを砕くような音。地面から伝わってくる震動――そして、苦悶の叫び。

「うっ……うぅうっ……あぁぁぁ……!!」

誰かがこの奥にいる。まだ、生きて戦っている。

二日以上一人で戦い続けている。分かっていたはずだ、ギルドで話を聞かされたときには。

「――ぐぅっ……あぁっ……あぁぁぁっ！」

辺りに散らばっているのは無数の骨、そして血の痕跡。

それを辿った先。かつて竜が営巣していただろう広い部屋に、剣を携《たずさ》えて立っている、ぼろぼろの外套《クローク》を纏《まと》った後ろ姿が見える。

彼が戦っている相手は、スケルトン――それも、竜の骨から生まれる『竜牙兵《りゅうがへい》』。深層に到達する熟練の戦士でも一対一では苦戦するほどの強さを持っている。

それを召喚しているのは、部屋の最奥《さいおう》に立っているローブを着た骸骨《がいこつ》。その手にある杖を掲《かか》げるたびに、地面に散らばった骨が組み合わさり、新たな竜牙兵が生まれる。

「オォオォオッ……！」

「くっ……！」

竜牙兵が錆《さ》びた斧《おの》を振り下ろす――襲われている彼はそれを回避し、片手で剣を振るって反撃を繰り出すが、竜牙兵の盾《たて》が削《けず》れるだけだ。

「――あぁあっ！」

声とともに竜牙兵の盾が砕け、吹き飛ぶ――声を介して衝撃波を生み出す魔法。長い間戦い続けて、残った魔力を絞り出している。

瞬間、ローブを着た骸骨が何かを唱える。火球を放つ攻撃魔法が、辺りの空気を巻き込みながら放たれる。

「――避《よ》けろっ！」

「あぁぁぁっ……！」

叫んでも声は届かない。火球を衝撃波で相殺《そうさい》した直後、彼の姿が横にブレた。

「あぐっっ……!!」

部屋の隅から竜牙兵が矢を放つ――もはや、彼にはそれが見えていない。

左手は動かせる状態ではなく、右手だけで戦い続けていた。その右手も矢を受けてだらりと垂れ下がり、血が流れ落ちる。

それでも倒れない。彼の首につけられた輪が光っている――奴隷を従属させるために使うもの。一つでも拘束力を持つそれが、周囲に幾つも引きちぎられて落ちていた。おそらく両腕、そして両足にもつけられていたのだ。

「クカカカカッ……！」

骸骨が笑う。不死の魔物が何を考えているかなど分からないが、奴らは執拗《しつよう》に生者を狙う。

新たに竜牙兵が二体立ち上がってくる。深層でこのレベルの不死者の軍勢に出会ったら、逃げる以外の選択肢はない。

それでも彼は逃げることを許されなかった。

「「オォォォッ……！」」

竜牙兵が武器を振りかざす――抵抗できない相手に対する大振りの一撃。

だが俺が来ても構わずにいるその油断が、足を掬《すく》う。

「――フッ！」

拾った太い骨に魔力を込め、投擲《とうてき》する。

竜牙兵の腕に命中し、打ち砕き、回転して戻ってきた骨がもう一体の頭蓋《ずがい》に突き刺さる。

一瞬、時が止まったようだった――奴らに驚くなんて感性があるわけもないが、突然の乱入に不意を突かれたとでもいうように。

「ク……カ、カカカッ……！」

ローブを着た骸骨が、離れた位置にいる弓持ちの竜牙兵に指令を送る――その刹那《せつな》、俺が投擲した骨がその竜牙兵を瞬時に打ち砕く。

「よく耐えた。死ぬんじゃないぞ」

「……っ」

まだ立つことができている彼の横を通り、俺は部屋の奥に進んでいく。

「――カカカッ……!!」

ローブの骸骨が詠唱《えいしょう》を始め、地面に展開された魔法陣から、悪魔のようなものが出てこようとしている。竜牙兵より強力な悪魔の召喚、それが奥の手なのだろう。

背負った剣の柄を握る。ただ振り抜くだけなら間合いからは外れている。だが、間合いの外から敵を斬る技を俺は持っていた。

「──うぉぉぉぉっ！」

全霊を込め、魔力を充溢《じゅういつ》させた剣を抜き放ち、振り下ろす。

「グ……ガ……ッ」

召喚されかけたモノごと、ローブを着た骸骨は両断され、吹き飛んで粉々の破片となる。

そして殺気が消えたはずの部屋で、俺は言いようもない気配を覚えて振り返る。

「──がぁぁっ！」

飛びかかってきたのは彼だった──その牙が、俺の首筋に突き立てられる。

「っ……ぐ……」

極限の精神状態で、正気を失っている──そう言ってしまうのはたやすい。

しかし、誰でもこんな状況に置かれれば、逆上もすれば狂乱もする。

嚙みつかれたままで、俺は彼の首につけられた首輪を摑む。

「苦しかったよな……」

答えの代わりに、嚙みつかれた首に痛みが走る。食いちぎられかねないが、その時はその時だろう。

すでに壊れかけていた首輪を引きちぎる。こんなものが、彼を死地に縛る鎖になっていた。

「……っ」

彼の身体から力が抜ける。今ので残された力が尽きたのか、首輪から解放されたことによるものか。

いずれにせよ、死なせるわけにはいかない。持ってきた薬や包帯の類《たぐい》を全て使い、救急処置を施《ほどこ》す——そして、一刻も早く街に戻らなければ。

5　救出行

『古き竜の巣』を出るまでには魔物との戦闘はなかったが、『曙光の洞』に着くまでは安心はできない。グラが迎えに来られる状況かという問題もある。

谷を渡る岩の道を抜けたところで、行きに会った人物が待っていた。こちらを見ても言葉が出てこないようだ——無理もない、重傷の人間を背負っているのだから。

「竜の亡霊じゃなく、魔術師の亡霊がいた。どうやら見張り番だったみたいだ」

「っ……それを、どうやって……スケルトンは、破壊してもすぐ元に戻ってしまう。僧侶を連れてこなければ何度でも……」

「戻れないほど粉々にした。中からは何も持ち帰っていない、彼以外は」

それでも咎《とが》められるだろうと覚悟はしていた。おそらく『黎明の宝剣』は竜の巣から何かを持ち帰り、あのローブを着た骸骨に襲われ、呪いを戦闘奴隷一人になすりつけて逃げたのだ。

特級と認定されるような功績を上げるために、彼らがこれまで何をしてきたのか——今はそんなことを考えている場合じゃないが、遣る瀬《やせ》ないものがある。

「先を急いでる。中層街での治療は期待できない、門はもう閉じてるだろうからな」

「……一人で外まで出るのは難しい」

「降りてきた時と同じ方法を使う。一層から五層まで繋がってる場所があるんだ」

彼女は何も言わない――その代わりに、俺に両手を向けると、何か魔法を使ってくれる。

「……瘴気の緩和と、体力の回復。私にはこれくらいしかできない」

「ありがとう、助かるよ。俺はファレルという。もしまた会えたら、何か礼をさせてもらってもいいか」

「気にしなくていい。私はカルア……道中、安らかでありますように」

胸に手を当てて祈る仕草――安らかであれというのは、迷宮に暮らす人々が信仰の対象に捧《ささ》げる祈りだ。

それでも魔物はすぐに血の匂いを嗅《か》ぎつけてくる。行きには最初の一匹以外こちらを狙ってこなかったシャドウウルフが、『曙光の洞』に入ったところで何匹も集まってくる――襲ってくるならば、戦うしかない。

「ガルル……」

「ワォォーンッ！」

俺のことを覚えているらしく、シャドウウルフが念押しのように仲間を呼ぶ。七、八――この数でかかってこられれば、無傷とはいかない。

「……やるしかないか。ここで隠れててくれ」

反応がない――辛《かろ》うじて息をしているだけという状態の彼女を岩陰に寝かせ、俺は行く手に立ち塞《ふさ》がるシャドウウルフと対峙《たいじ》する。

「ガルルァァァッ!!」

「──はぁぁぁっ！」

薙《な》ぎ払いでシャドウウルフを吹き飛ばす──それでもひるまずに飛びかかってきた二匹に腕を噛まれるが、そのまま地面に叩きつける。

「おらぁっ！」

「「ギャフッ……！」」

牙で皮膚を裂かれ、出血する。それでも構わずに、俺は剣を構えて群れの残りを睨《にら》んだ。

「──グァォォォォッ!!」

「おおおおっ……！」

飛びかかってきたシャドウウルフを斬り上げで両断し、二匹に噛みつかれながらも力任せに投げ飛ばす。後ろに控えていた一匹に突進して吹き飛ばすと、死角を突こうと回り込んできた最後の一匹を振り返りざまに斬り払う。

魔物を退《しりぞ》け、再び進む。仲間たちを倒されたシャドウウルフは、周辺の全ての個体が俺を仕留めるために集まってきていた。

「それで全部か？　面倒だから一度に連れてこいよ……！」

吐き捨てるように言う──それが理解できたかどうかは分からないが、シャドウウルフは唸《うな》り声を上げながらも、仕掛けてはこなくなった。

戦う必要がないならそれでいい。しかしいくらも進まないうちに、俺はシャドウウルフたちの真意を悟った。

——道が、糸のようなもので阻《はば》まれている。

「っ……！」

反応が一瞬遅れた——腕に何かがかすめていく。攻撃された方向を振り返ると、岩の影から魔物が姿を現す。

毒を持つ獣——それは俺が通り過ぎるまで気配を消し、確実に仕留められると見て攻撃してきた。

「くっ……」

身体に痺《しび》れを感じ、俺は背負っていた彼を降ろす。

「……捨て、て……ボク、は……」

意識が戻ったのか——いや、まだうわ言を漏《も》らしているだけだ。

紫の体毛を持ち、顔の部分まで毛で覆われたようなその魔獣は、こちらに悠然と近づいてくる。毒液を放って痺れさせ、抵抗力を奪って仕留めるという生態なのだろう。

「ガァァァァッ!!」

毛で隠れていた巨大な口が開く。

確実に捕食できる——敵がそう確信したからこそ、絶対的な隙ができる。

「——おぉぉらぁぁぁぁッ！」

背負った剣に手をかけ、繰り出すのは単純にして最大威力の振り下ろし。

敵が毒を持っているのは分かっているが、それが俺に効くとは限らない。

「グホォォアアッ……!!」

口の中が硬いという生物は滅多《めった》にいない。紫の魔獣はひとたまりもなく吹き飛ぶ――そして岩壁に激突し、ズルズルと滑り落ちて動かなくなる。

「はぁっ、はぁっ……」

身体を動かすことで毒が全身に回ると、さすがに目眩《めまい》がする――だが、この程度の毒で死ぬ身体なら、一人で迷宮に潜ることなどできていない。

「……捨てては行かない。俺はここまで来たついでに、お前を拾っていくだけだ」

「………………」

答えはない。道を塞いだ糸を油と火を使って焼き切り、もう一度彼を背負って歩いていく。

やがて、一層から降りてきた場所に着く。笛を吹いてもしばらくは何も起きなかった――だが、そのうちに翼の音が聞こえて、胞子の霧を抜けてグラが降りてくる。

「グルル……」

「一人増えてるが、運べるか?」

「グルッ」

本当に賢い奴だ――持ち合わせている餌《えさ》はもうないが、グラはロープにつけた鈎を握ってくれた。

「よし、行ってくれ……！」

グラが羽ばたき、浮上を始める。途中でスカイワームの姿を見たが、こちらに近づいては来なかった――危険な空域を抜け、いくらも時間をかけずに『祈りの崖』まで辿り着く。

「もう少しだ……街にさえ着けば、しっかりした治療を受けられる」

彼の身体は最初は熱を持っていたが、今は冷たくなり始めている――傷の化膿《かのう》はある程度薬で抑えたが、もはや熱を出して黴菌《ばいきん》に抵抗する力がないのだ。

第一層に入ったはずの『黎明の宝剣』の姿は見えない。ほんの少ししか滞在しなかったのか――だが、彼らがここにいた理由も薄々想像はついていた。

彼らは残してきた奴隷の生死を確かめに来た。助けるという考えはなく、死んでいるのならば彼らはそれで良かったのだ――『古き竜の巣』から何かを持ち帰ることで、目的は果たしているのだから。

「……なんであいつらに従わなきゃならないんだ。お前ほど強い奴が」

答えがないと分かっていても、口にせずにはいられない。

迷宮に一人残され、勇敢に戦い続けた彼が、奴隷だという理由で蔑《ないがし》ろにされていいとは思えなかった。

第二章　奪われた心、与えられる光

1　峠

――エルバトス外郭《がいかく》北区　十二番街外れ――

鳥竜《バドロス》を借りて移動し、大迷宮からエルバトスに戻る。エルバトスを囲う城郭《じょうかく》には東西南北に門があるが、非常時以外は夜でも常に開いている。

この都市が大陸の他の街よりも明るいのは、大迷宮で産出される『蛍光石《けいこうせき》』が明かりとして利用されているためである。夜になると昼に蓄えた光を放つその石は、かつては採掘によって財を成せる価値があったが、今では普及して安価となった。

『眠らない都市』とも言われるエルバトスでも、夜間の傷病者を受け入れてくれる医者は少ない――俺がいつも世話になっている医院を除いては。

酒場などが並んでいる賑《にぎ》やかな通りから裏路地に入り、『夜間診療応相談』というプレートが出ている扉をノックする。

しばらく待っていると扉が開く――姿を見せたのは、この医院の主《あるじ》である男性だった。

「やあ、こんな時間に来るなんて久しぶりだね」

髪を後ろで一つに結び、頬に傷を縫った痕《あと》のあるその男――エドガーは、俺を見るなり柔和《にゅうわ》に笑った。

「夜分にすまない、すぐに見てほしい患者がいるんだ」

「っ……分かった、とりあえず中に。リベルタ、緊急手術の準備だ」

「かしこまりました」

エドガーは一目見るなり、患者の容態を察してくれた。助手の少女はすでに服を着替えていて、治療室に入っていく。患者を運んで手術台に寝かせ、あとをエドガーに託す――その前に。

「何か俺にできることはあるか？」

「まだ少し見ただけだが、君らしい丁寧《ていねい》な手当てだ。患者自身もある程度自己回復力があるようだが……できればメネアさんを呼んできてもらえないか、使えそうな薬を検討したい」

「わかった、行ってくる」

エドガーは頷《うなず》き、消毒を済ませて治療室に入っていく。

『――あぁぁあっ……!!』

医院を出る時に、後ろから叫び声が聞こえてくる――エドガーが手術を始めたのだ。

エドガーは腕のいい医者だ。しかし麻酔が効く場合とそうでない場合があり、効かない場合の手術は俺でも地獄を見ることになる。

傷の状態次第では、全く手を出せないこともありうる。今は何も考えず、俺にできることをやるしかない。

◆◇◆

エドガーの医院から、メネアさんの店は走って五分ほどの距離にある。

すでにベッドに入っていたメネアさんだが、呼びかけに応じて出てきてくれた。寝間着の上に一枚羽織っただけで、走ってついてきてくれる。

「予感はしてたのよね……っ、ファレル君が依頼を受けて、すぐ出発したって聞いて……っ」

「すみません、メネアさん……っ、依頼を受けた後、挨拶《あいさつ》に行くべきでしたが……っ」

「いいのよ、急いでたのなら……でも久しぶりね、こんなふうに走ったりするのは……っ」

俺より年下にも見えるメネアさんに敬語を使うのは、彼女がハーフエルフであり、実際は俺の倍以上も生きているからだ。

彼女にとって薬品の調合は趣味と実益を兼ねている。だが進んで宣伝をしないこともあって、メネア薬品店は知る人ぞ知る隠れた名店となっている。

医院に戻ってくると、待合室はシンと静まり返っている——いや、耳を澄ますと治療室の方から音と話し声が聞こえてくる。

「もう手術は始まってるのね……」

「はい、エドガーたちが治療室に入っています」

メネアさんも慣れたもので、髪をまとめて手を消毒し、治療室に入っていく。

しばらく待つと、メネアさんが出てくる。出会ってから初めて見るような、深刻な顔をして。

「……今の状態について話させてもらっていい？」

「はい」

彼がどんな状態なのか。俺の素人目《しろうとめ》で見ても、普通ならとても助からないと思うほどの傷を負っていた。

それでも生きているのは、エドガーが言う通りの自己回復力によるものだ。全身を見たわけじゃないが、おそらく人間とは違う種族だろう。

「失血状態は回復に向かっているけど、意識は戻っていないわ。合計で十箇所以上の骨折があって、左手は元のように動かせるようにするのは難しい……右手の矢傷は処置が正しかったのも良かったし、自己再生して傷がもう塞《ふさ》がっていたわ」

分かってはいたことだが、彼が受けた苦痛を想像して胸が詰まる。

そして矢傷が塞がるほどの再生能力とは――獣のような耳は生えていないので獣人ではないと思うが、ならばその能力はどこから来るのか。俺が知らない種族だということか。

「……他の箇所は？」

「右目に傷を負っていて、これは外科的な処置では限界がある。広範囲に渡って火傷《やけど》があるけど、これは私が持っている薬を使えば治療できる……呼吸器官に胞子《ほうし》の浸蝕《しんしょく》が見られるけど、これも治療できるわ」

聞いているうちに分かってくる。彼を治療するには大きな費用がかかる――顔なじみだからといって、甘えることはできない。

「俺はあいつを治してやりたい。もう奴隷として縛られることもなくなったんだ、あいつには自由に生きる権利がある」

俺が行くまで生き残っていたことが奇跡だとして、その続きがなければ意味がない。

「費用は必ず払う。どんな治療をしてもいい、あいつを助けてやってください……！」

頭を下げる。必ず助けられる保証はない、それでも頼まずにいられない。

「……ファレル君に深層で採取してもらったもので治療できるっていう話なんだけど。あなたがコツコツ仕事をしてくれたおかげよ」

「え……い、いいんですか？　あれはメネアさんの研究に使ったんじゃ……」

「私が研究をしてるのは、こういう時のためよ。あなたにとっても有用な薬だけど、それをあの子のために使う……そうしてもいい？」

「もちろんです。素材なら、俺はまた取ってこられますから」

メネアさんは微笑む――そっと俺の手に彼女の手が重ねられる。

「こんなにファレル君が必死なんだから、私もできる限りのことはしてみるわね」

「ありがとうございます……！」

手を放すと、メネアさんが医院から出ていこうとする。必要な薬を取りに行くのだろう。

「夜道は危ないんで、俺も一緒に行きます」

「迷宮から帰ってきたばかりだから、あなたも休んだ方がいいのに……律儀《りちぎ》ね」

呆れたように言いつつも彼女は同行を断らなかった。

自覚はあるとは思うのだが、バタバタしていたので服が乱れている――こんな状態の彼女を夜中に一人で出歩かせるわけにはいかない。

◆◇◆

――どうして出ていくんですか？　この騎士団では、先生は……。


夢を見るのは久しぶりだった。

医院とメネアさんの店を往復して、治療室の外で待っているうちに、眠りに落ちた。

そう分かっていても、すぐに夢は覚めてはくれない。


――満足できないわけじゃない。満ち足りてるから、出ていくんだ。

――そんな……分かりません。私たちは……私は、まだ先生に……。

――十分に強くなったさ。俺がやっていたことも、今なら任せられる。


七年前。俺は冒険者になる前、王国の聖騎士団に属していた。

騎士団に入って十年ほどで副騎士団長となり、若い騎士団員を指導する立場にもなった。

特に優秀な教え子たち、その中でも彼女は抜きん出た剣の才能を持っていた。

今はもっと強くなっているだろうか。俺自身は、あの頃と比べてどう変化しただろう。

――私は必ず、先生を……副騎士団長を迎えに行きます。

――それまで、私はあなたの居場所に仮に立たせてもらうだけです。

――あなたから一本を取れたら、その時は……。


その時は訪れないまま、時間は流れて。

今になって思い出したのは、何がきっかけか――分からない。

朝焼けが窓から差し込んでいる。裏通りの医院にも、太陽の光は届く。

治療室の扉が開き、エドガーが出てくる。俺は長椅子の上で身体を起こす――すると、エドガーが横に座った。

「……峠は越えた。今できる全ての治療を施《ほどこ》した」

「っ……あいつは……」

「ああ。まだ安静が必要だが、いずれ目を覚ますだろう。詳しい話は後にして、私も休ませてもらうよ……」

「ありがとう。ゆっくり休んでくれ」

エドガーは立ち上がり、医院の二階に上がっていく。二階部分が住居になっているので、自室で休むのだろう。

続いて治療室から出てきたリベルタがやってくる。彼女はいつも無表情だ――エドガーとの関係性は今でも聞かされていないが、優秀な助手だとだけ聞いている。

「ファレル様の治療をするようにと、主《あるじ》から承《うけたまわ》っております」

「いや、俺は大丈夫だ。傷はもう治ってる」

「……消毒だけはしておきましょう。魔獣の爪や牙による傷を放置してはいけません」

いつも蒸留した酒を傷口に吹きつけて消毒するくらいだが、リベルタに手当てされる――手の冷たさが気にはなるが、丁寧で手際《てぎわ》がいい。

「メネアさんにも手術を手伝っていただきましたので、疲れて休んでいらっしゃいます」

「治療室の中でか……俺も入って大丈夫か?」

「はい、胞子などは落としましたし問題ありません」

リベルタの許可を得て治療室に入る。

頭に包帯を巻かれ、片目と口元だけが見えている姿で、彼は静かに眠っていた。

「……っ、お、起きたのか?」

睫毛《まつげ》が震えて、薄く目が開く。横に立っている俺が見えているのかいないのか、その目はすぐに閉じられる。

「…………」

「……何か、おっしゃったようですが。今は、声が出せないのでしょう」

「そうか……状態が落ち着くまで、ここで預かっていてもらえるか?」

「もちろんです。今は絶対安静ですので、退院については回復した後にご相談させてください」

大迷宮で何が起きたのか——それを証言してもらい、『黎明《れいめい》の宝剣』のしたことを告発すべきか、それとも。

まずは世話になっているギルドに話を通しておかなければならない。イレーヌが考えていた通りに、『黎明の宝剣』は奴隷を迷宮で見捨てていた。それを報告したとしても、特級パーティは中級冒険者の訴えなど簡単に握り潰《つぶ》せてしまうだろう。

「……それでも、やらないとな」

腹を括《くく》り、医院を出る。朝の光を眩《まぶ》しく感じながら、俺は八番街のギルドに向かった。

2　対峙

『天翔《あまか》ける翼馬亭《よくばてい》』の朝は早い。ギルドの建物内にある食堂では冒険者が出立《しゅったつ》前の朝食を摂《と》っていて、いつも賑《にぎ》わっている——はずなのだが。

やけに静かだ。冒険者たちの視線はギルドカウンターに向けられている。

イレーヌのいる受付の前で、圧力をかけるように立っているのは『黎明の宝剣』だった。

「このギルドには昨日深層行きの依頼が出ていたそうだが、それはどうした？　受ける人間がいなくて取り下げたか」

「まあ、上級程度でもあの大迷宮じゃ苦労するわな。このギルド程度の連中じゃ、浅い層をカサカサしてるだけなんじゃねえの？」

なんともひりつく空気だ――相手が特級であることはみんな理解していて、ただ黙って見ているしかない。

それにしても、彼らがなぜここに来たのか。まさか、深層に行く冒険者がいないか調べて回っているとでもいうのだろうか。

「ねえ、もういいでしょ。ここにいるのって三層でも苦労するような人たちでしょ？　五層まで行けるわけないじゃない」

「本当のことでも明《あ》け透《す》けに言うものではないですよ、ロザリナ」

「ジュノス、それより早く王都に戻ろうよ。首尾《しゅび》よく仕事は終わらせられましたし」

ロザリナという女性の魔法使いは、ジュノスに対してだけは一目《いちもく》置いているという態度を取る――俺に対してはぞんざいだったが、まあそれはいい。

「……貴様、昨日の」

ジュノスが俺の姿に気づく。不快そうな眼差《まなざ》しだが、こちらも目は逸《そ》らさない。

「無事で帰ってこられたんだ。あ、何もせずに戻ってきたとか？」

ロザリナが挑発してくる。なぜ初対面の時からこうも侮《あなど》ってくるのか――特級から見れば、中級冒険者は歯牙《しが》にもかからない存在なのだろうが。

「あんたたちも、大迷宮の入り口にいたな。何か目的があったんじゃないのか？」

「それを貴様に言う必要はない。見たところ、青銅の徽章《エンブレム》をつけているようだな」

「中級冒険者にしては気骨を感じるが、喧嘩は売らん方がいいぞ？　うちのリーダーは何をするか分からんからな」

「ガディ、お前は黙っていろ……貴様はなぜあの場所にいた？　あの方角には崖があるだけのはずだ」

浅い層の地図は出回っているので、俺が向かった先に『祈りの崖』があることをジュノスは知っている。しかし、そこが行き止まりだとも思っている。

「あの方向に用があっただけだ。何もなさそうに見える場所でも、俺にとっては意味がある」

「……それってどういうこと？　あんた、一体何を……」

ロザリナが怪訝《けげん》そうな顔をする。曖昧《あいまい》なことを言うだけでは話は核心に届かない。今ここで、切り出すしかない――そう判断した。

「あんたたちがこの都市にやってきた時、もう一人同行者がいたはずだ。なぜ、すぐに探しに行かなかった？」

「……まあ、そういうこともあるか。特級パーティが来たってんで注目されてたか？　有名人は辛《つら》いねェ」

ガディという黒髪の男は飄々《ひょうひょう》とした態度のままだが、眼光が鋭くなっている――俺が何を言うか次第で動く、とあからさまに威圧している。

「……『あれ』は迷宮の中で命を落とした。主人のために命を捨てろとまでは言っていなかったがな。自主的に動き、俺たちから離れた」

――抑え込んでいた怒りが、胸の奥で熱を持つ。

ジュノスという男が何を言ったのか。事実とは違う、違うに決まっている――あいつが一体どんな思いで戦っていたのか、この男は想像すらしていない。

「ジュノス、まずいんじゃないの、こんな場所で……」

「教会に死体が回収されるかとも考えたが、どうやら望みは薄いようだ。俺たちと同じ場所を探索する冒険者は、そういないだろうしな」

「……戦闘奴隷を一人失った。あんたたちにとっては、それくらいのことなんだな」

「やだ、奴隷だなんて……パーティにも役割があるんだから、一人でやってるあんたに文句を言われる筋合いはないわよ」

「っ……ど、どうか、冒険者の皆様同士で、喧嘩などは……っ」

イレーヌが俺と『黎明の宝剣』の間に入る――ジュノスは薄く笑うと、仲間たちを連れて外に出ていこうとする。

「もし貴様が『あれ』を見つけられたら、金は払ってやろう」

「おいおい、見つけられるわけねえじゃねえか……って喋《しゃべ》りすぎだな。おっさん、またどっかで会ったらそん時はよろしく頼むわ」

俺の方は全く会いたくもなんともない――ガディは喧嘩を売ってくる気満々だ。迷宮の中で出会いでもしたら、面倒なことになるだろう。

（まあ……降りかかる火の粉なら、払うしかないか）

『黎明の宝剣』が去った後、ギルド内には徐々に冒険者たちの声が戻ってくる。

「お、おい……ファレル、大丈夫か？　特級の連中に因縁《いんねん》つけられるなんざ、一体……」

「いろいろあってな。すまんグレッグ、心配させたか」

「いや、お前が来てくれて良かった。あいつらはイレーヌさんを半ば脅《おど》していたからな」

「ファレルさん、ありがとうございました。あの方々がこちらのギルドを訪問されるとは思っていなかったもので……」

「そのことも含めて、依頼の報告をさせてもらっていいか」

「は、はい。では、こちらに……」

人に聞かれない場所で話したい、そう言わなくてもイレーヌは察してくれた。

別室に場所を移し、席に着く。向かい側に座ったイレーヌに、俺はエドガーから出してもらった診断書を見せる。

「っ……ファレルさん、まさか……」

「イレーヌの言う通りだった。五層の『古き竜の巣』……『黎明の宝剣』は、そこから何かを持ち出した。彼らは呪いを避けるために、同行した奴隷を置いていったんだ」

「そんな、こと……彼らは、そのようなことは一言も……」

「奴隷は生きている。エドガーの医院で治療を受けて、一命を取り留《と》めた……イレーヌが心配した通りだった。昨日潜《もぐ》らなければ、どうなっていたか分からない」

診断書にはどんな治療を行ったのかが詳細に書かれている。イレーヌはそれらに目を通すと、ぽろぽろと涙をこぼした。

「私は……どんなことが起きているのかも考えずに、ファレルさんにあんなお願いを……」

「いや、俺に相談してくれて良かったんだ。俺は仕事をこなして、あいつを連れて帰ってきた。それだけの話なんだから」

「いいえ、『それだけの話』などではありません……冒険者ギルドで働く者として、ファレルさんの行為に敬意を表します」

イレーヌは涙を拭《ぬぐ》いながら微笑む。こんな時、何か気の利《き》いたことでも言えればいいが、上《う》手《ま》い言葉は出てこない。

「ファレルさん、その方が回復したらどうされるおつもりですか？」

「ああ、それを相談しておかないとな……『黎明の宝剣』に返すっていうのは、とてもじゃないが考えられない。そうなると、どこかに預かってもらうことになるか」

「そうですね……ジュノスさんのお話をそのまま受け取るなら、従属契約は実質上破棄されています。拘束力を持つ首輪などは外されていますか？」

「首輪は壊れかけていたから、俺の手で外した。そうするしかない状況だったからな」

「凄《すご》い……奴隷の拘束具は、簡単に壊せるものではないはずなのに」

それが壊れるような事態だったからこそ、『黎明の宝剣』の想定から外れている。

意識が戻った時、もし元のパーティに戻りたいというなら尊重するほかないが、そうならなかった場合は――やはり、乗りかかった船なのか。

「……ひとまず、俺が預かるしかないか」

「ファレルさんだけにご負担をおかけするわけにはいきませんので、できる限り協力させてください。ギルド員としてではなく、個人的に、ということになりますが」

「ああ、ありがとう。現状は奴隷のことは秘密にしておいてくれ、回復するまではなんとか穏便に乗り切りたい」

「かしこまりました。それではメネアさんのご依頼のほう、報酬をお支払いしますね」

白金貨五枚――だいぶ奮発された金額だが、治療に協力してもらったということで結局メネアさんに戻っていくことになるだろう。

エドガーの医院も病床《びょうしょう》が逼迫《ひっぱく》しているので、ずっと預かっていてもらうわけにもいかない。一時的に俺の家に置いておくならば、責任を持ってそれなりの環境を用意しなくては。

3 戦闘奴隷

――エルバトス外郭北西部　住宅区　ファレルの家――

『天駆ける翼馬亭』は王都のギルド本部と連絡を取り、『黎明の宝剣』についての情報が一部共有された。

本来戦闘奴隷とは、戦闘能力を持つ重犯罪者が刑の軽減を見返りとして、兵役《へいえき》につかされた者を言う。しかし人道的見地の問題で、現在は特例を除いて適用されない。

だが、亜人種に対しては話が変わってくる。

人間にはない特殊な能力を持っている亜人種は、一人で軍の一部隊を相手にできるほどの戦力となる者すらいる。これを理由に拘束具の使用が許可される場合があるのだ。

その場合の戦闘奴隷は、もはや一人の人間ではなく、戦力としての単位となる。一介の冒険者パーティが従えられるものではない――『特級』という例外を除いて。

『黎明の宝剣』は、王国が管理していた戦闘奴隷を貸与《たいよ》された。だが、書類上はパーティは六名とされ、奴隷の存在が記録されていない。

（……あれは、実質上の処刑だ。王国は戦闘奴隷を持て余したか）

俺が聖騎士団にいた頃も、戦災孤児の亜人の子供を戦力とするために、育成する計画が出たことがあった。

葛藤《かっとう》はあったが、それでも戦いを教えたのは、生きる術《すべ》を持ってもらうため。そして優秀な能力を持っているなら、相応に評価を受けて権利を得てもらいたかった。

今も聖騎士団には亜人の団員がいるはずだ。俺が作ろうとした制度が今も引き継がれていればだが。

「……さて、これで一部屋空《あ》けられたか」

エドガーの医院に入院して三日後、ベッドの上にいた彼は目を覚ました。

『黎明の宝剣』の資料に情報が記載されていないため、今も名前は分からないままだ。本人に聞こうにも、まだ話すことができていない。

俺の家は古い民家を自分で補修する条件で安く買ったもので、最初の二年でその作業は終わった。次の二年で菜園を作り、近隣の住人にも恵まれて盗みに入られたりすることもほぼなく、食材の供給手段の一つとなっている。

それからの三年は厨房《ちゅうぼう》の改修に力を入れている。大迷宮から街に帰ってきた後のお楽しみといえば何はともあれ食事だが、手頃な依頼がない時に自炊をしてみると、驚くほどどっぷりと漬かってしまった。

「食べられるものも決まってるよな……療養食ってやつか」

自分が病気になることはないので、そういう時何を摂るかというのを考えたことがない。

俺の家に引き取ったはいいがそれで体調が悪化するというのは本末転倒だ。ちゃんとした身の振り方が見つかるまで、できる限り回復できるよう努めたい。

ベッドは昔の住人のものが余っていたので、それを庭の倉庫から引っ張り出した。俺が使っているものの方が質がいいのでそちらに寝てもらうことにして、俺は昔の住人の残したベッドを使う――良質な寝床は回復のためには必須《ひっす》である。

足りないものがあったら後で補充することにして、ひとまず朝食を摂って家を出る。エドガーの医院まで歩く間に朝の市場《いちば》を通って、品揃《しなぞろ》えを確認しておく。

やがてエドガーの医院に到着する。裏口側に回ってドアをノックすると、看護服姿のリベルタが出迎えてくれた。

「おはようございます、ファレルさん」

「ああ、おはよう。ちょっと疲れてるみたいだな……休んでないのか？」

「きのう急患が入ったもので。院長は仮眠を取っていましたが、もう起きています」

リベルタに連れられて、まずエドガーのいる部屋に向かう。エドガーは長椅子の上で身体を起こし、髪を直して眼鏡をかけるところだった。

「相変わらず大変そうだな……」

「いやはや、お恥ずかしい。深夜に重傷者の受け入れがあってね、手術が終わったのはつい一時間くらい前か」

俺が患者を連れてきた時も同じ状況だった――そう思うと申し訳なくなるが、エドガーは笑っていた。

「リベルタから患者に声をかけてもらってはいるが、話すことはまだできていない。ただ、君の家に行くことになると告げたら頷いていた」

「そうか……何かあったら相談に来るかもしれない。俺なりに準備はしたが」

「君が準備すると言ったら、私としては何も不安に思うことはないけどね」

「信頼してもらうのはいいが……正直、若干《じゃっかん》不安はあるぞ」

「ははは、聞かなかったことにしよう。もし難しかったらうちの医院でもう数日対応できるから安心してほしい。メネアさんも検討してくれていたしね……まあ、彼女の家は寝床を一つ増やすのも大変そうだが」

メネアさんの住居を兼ねている店は薬の研究資料で埋まっていて、空いている場所がほとんどない。彼女自身は何がどこにあるか全て把握しているそうだが。

「……あいつは、何か食べられるようにはなったか？」

「いや。流動食でも受けつけない状態だから、この栄養液を使ってもらう」

「これか……こいつは結構味がな」

「食事を摂れるようになると回復も早くなる……もともと、竜人種の特性として自己回復力が非常に高いんだけどね。その回復力が今は落ちている」

竜人と人間のハーフで、短い角があるなどの竜人の特徴はあるが、ほとんど人間と変わらない姿をしている。

ぼろぼろのフードを被《かぶ》って外套《クローク》を羽織っていたので、そういったことは後で知らされて分かった——竜人は希少種で、非常に優れた能力を持っているとされている。

その能力の一つである回復力の減退。原因は、過酷な状況に置かれたことによるものとしか推定できない——エドガーも、無力感を滲《にじ》ませていた。

「僕やリベルタが接するよりも、君が来ている間の方が意志の動きを感じる。医者が感覚でものを言うのは無責任だが、ファレルならあるいは……」

「……やれるだけのことはやってみるよ」

「ありがとう。では、病室に行こうか」

エドガーとともに病室に向かう。ベッドの端に座り、彼はゆっくりと俺の方に目を向ける。

頭には包帯が巻かれ、傷ついた片目は覆《おお》われている。もう一つの目はこちらを見てはいるが、何も映してはいない。

「……こんにちは。身体の加減はどうだ？」

「…………」

何も反応がない——と思いきや、小さな頷きが返ってくる。

「彼は君を迷宮から連れ帰った人だ……それは分かっているね。今日から、君は彼の家でしばらく暮らすことになる」

「…………」

エドガーの言葉に、それほど時間を空けずに頷く。

入院しているうちにざんばらだった髪は整えられ、血なども綺麗に拭われたことで、綺麗な面立《おもだ》ちをしていると分かった。同時に『黎明の宝剣』にどれほど邪険に扱われていたのかも分かり、憤《いきどお》りが湧く。

「ファレルさんのお家にお風呂はありますか？　身体を拭《ふ》くことだけはしていましたが、本日から入浴も可能ですので」

「ああ、分かった。風呂は入れるか？　たまに苦手な者もいるからな」

「…………」

今度は少し間《ま》を置いて、俺の方に顔を向けてから、少し俯《うつむ》くようにして頷きが返ってきた。

「食事については先程お話しした通りですので……栄養液以外も摂取できるように、様子を見て療養食を始めてください。こちらが献立《こんだて》の一例になります」

「ありがとう、無理強《じ》いはせず少しずつだよな……」

「そうだね。でも、私は結構期待してしまってるんだ。君が普段していることを考えたらね」

「院長は、ファレルさんの作った食事をご馳走《ちそう》になったことがあるんですよね」

確かにエドガーに飯を食わせたことがあるが、その時の反応は『意外だ』という一言だった。大した評価ではないと思っていたが、それで期待をしていると言われても、こちらこそ意外と言いたいところだ。

「療養食は初めて作るから、そこは手探りだが……好みも聞きながらだな」

「…………」

何が好みで何が嫌いか、それくらいなら頷くだけでも意思表示ができる。

話せるようになるに越したことはないが、何がきっかけで良くなるか分からない。まず、安心して暮らせる環境だと伝えることからだ。

4　沈黙の奥

退院の手続きを終え、リベルタと一緒に病室に彼を迎えに行く。

「っ……」

「おっと……まだ歩くのはきついか、無理はするなよ」

「数日寝たきりでしたので、一人で歩けるまで少しかかるかもしれません」

「そういうことなら、俺が背負っていくか。背中に乗れるか？」

「……う……」

かすかに声を出そうとした——しかし声にはならず、代わりに頷く。

「当面は、君の素性《すじょう》は街の人には知られない方がいい。もちろんそのままでは窮屈《きゅうくつ》な暮らしになるから、必ず表を安心して歩けるようにする。それまで、俺の言うことを聞いてくれるか。決して嫌がるようなことはしない」

「…………」

いきなり話しすぎているかと思ったが、俺の目を見て頷いてくれる——まだ目の焦点《しょうてん》が合わないので、俺が勝手にそう思ってるだけじゃないかと不安ではあるが。

「ちゃんと伝わっていると思いますよ、ファレルさんのお考えは」

「そうだといいんだがな。すまない、彼が俺の背中に乗れるように補助を頼めるか」

「……？」

リベルタはなぜか、不思議そうな顔をする。何か変なことを言っただろうか——背中に乗る補助って一体何なのか、とか。できれば手を貸してほしいと頼んだだけだが。

「……なるほど、そういうこともあるのですね」

「いや、俺だけで背負うこともできるけど、念のためというか」

「ちゃんと理解していますので、ご心配なく。それでは足元に気をつけて……」

持ち込んだ外套をリベルタに渡し、彼に被せてもらう。朝は少し冷えるということもあるが、そのまま背負って歩くよりは目立たないだろう。

何しろ、全身に包帯が巻かれている。それでいて人目を惹《ひ》くような容姿をしているのだから、そのままでは目立つ要素しかない。

「よいしょっと……しっかり摑まってろよ」

あれだけの強さなら筋肉も相応についているはずだが、運ぶのが何の苦にもならないくらい軽い――そして、思ったより柔らかい。

竜人族は身体が柔軟ということだろうか。あれだけの運動能力があるのだから、肉食動物のようにしなやかな筋肉を持っているということは別に不思議ではない。

「ファレルの面倒見がいいのは知っていたけど、見ていて微笑ましいね」

「っ……隠れて見てるんじゃない。疲れてるならもう寝ておけ」

いつの間にか、エドガーが病室の外から見ていた。彼は笑顔のまま引っ込んでいく――何がそんなに楽しいのか。俺が右往左往《うおうさおう》しているように見えるのだろうか。

「それでは、ご武運……？　をお祈りいたします」

リベルタの言葉に突っ込むことはせず、俺は片手を軽く上げて挨拶して医院を出た。

◆◇◆

人の少ない道を選んで家に向かおうかとも思ったが、聞いてみると大丈夫そうだということで、市場にやってきた。

「お早うファレルさん、今日は冒険は休みかい？」

「ファレルさん、いい果物が入ってるよ。買っていってくれよ」

市場で食料品を売っている店主たちが声をかけてくる。いつも世話になっている人たちだ。

「何か好きな食べ物ってあるか？　教えておいてもらえるとありがたい」

「…………」

答えは返ってこない。俺の肩に掴まる手がわずかに動いただけだ。

「ファレルさん、その子は？」

「ちょっとうちで療養することになりまして」

「ああ、エドガー先生の頼みかい。冒険者ってそういう仕事もするんだね」

「まあそんなところです。ちょっと品物を見せてもらっていいですか？」

「どうぞどうぞ、ゆっくり見ていってください」

とりあえず、俺の判断で療養食の候補に挙げられているものの材料は買っておく。穀物《こくもつ》の粥《かゆ》にも色々あるが、ミルク粥と卵粥の両方を作れるようにして——酸味の少ない果物をすり下ろしたものなど、身体に優しいことを第一に献立を選ぶ。

「…………」

「毎日品揃えは変わるけど、こんな感じで食べ物が売られてる。好きな食べ物は、そのうち気が向いたら教えてくれ。それまでは療養食の献立を参考にして作るからな」

「……ん」

かすかに声が聞こえた気がする——返事をしようとしてくれているだけでも十分だ。

◆◇◆

家まで帰ってくる――とりあえずダイニングで席に着いてもらい、温かい飲み物を出す。甘く味付けをしたミルクだ。

「…………」

「まだこういうのは早いか。そうなると、ひとまず栄養液になるな……」

頷きが返ってきたので、医院でもらってきた栄養液の小瓶を出す。甘苦いようなクセのある味のはずだが、彼は表情を変えずに少しずつ飲んでいた。

「…………」

俺をじっと見ながら、口を動かそうとする――しかし声にならない。

「ここは俺の家だ。俺はファレル・ブラック……この街で冒険者をやっている。さっきはああ言ったが、仕事で君の世話をするというよりは、自主的にやっていることだ。君を元のパーティに戻すわけにはいかないと思ってな」

「……っ」

『黎明の宝剣』の名前を出すことを避けても、それでも彼を動揺させてしまった。

今まで無表情だった彼が明らかに表情を陰らせ、俯いてしまう。

「あいつらのしたことを、糾弾《きゅうだん》すべきだとは思う。しかしそうするにしても、それは俺の意志でやることだ。君は、君が安心して過ごせる場所で身体を治す。君を従えていたパーティは、もう君に対する強制力を持たない。彼らが何を言ってきても……」

テーブルの上にぽたぽたと雫《しずく》が落ちた。泣いている——俺が、泣かせてしまった。

「……すまない、気が急《せ》いていた。何かしたいことがあったら遠慮なく言ってくれ……文字は書けるか？」

彼は首を振る。文字を教えられれば、意思の疎通《そつう》はできるようになるか——それにしても、まだ何かをするには早い。

よく眠り、よく食べること。それさえできれば、きっと回復に向かう。

彼が口にできるものを、必ず用意する。泣いている彼の頬を手巾《ハンカチ》で拭い、それをそのまま渡す。

俺はテーブルの向かい側に座り、何も言わず、彼が泣き止《や》むまでそこにいた。

5　湯浴み

窓から差し込む光で、時刻が昼になったと分かる。

彼はもう泣いてはいない。ずっと近くにいてもそれはそれで気になるかと思い、俺は厨房で療養食の献立を見ていた。

（精神的なもので食事が摂れない場合、どうすればいい？　身体的な不具合で食事が摂れないなら、そう説明されるだろうし。エドガーはヤブ医者じゃない）

消化の負担が小さく、栄養のあるもの。食事を摂っていなかった身体を驚かせないくらいに優しい味付けで、それでいて滋味《じみ》のあるもの——それは、理想を求めすぎているか。

竜人が好きな食べ物というのも考慮に入れるべきか。『グライドアーム』のグラは翼竜種で好物は肉だが、葉っぱや果実も好んで食べる。

どんな竜の性質を持つ竜人かが食べ物の好みにも影響すると思うが、それを知る術《すべ》はあるだろうか——と考えて。

（……角……メネアさんは竜の角も薬の素材として使うから、形状が分かる図鑑を持ってたな）

迷宮三層の砂漠地帯に『スピノドレイク』という大蜥蜴《おおとかげ》が棲息《せいそく》しているが、これも分類としては竜の一種で、背中に生えている角を採取したことがある。

それ以外にも竜種の角を見つけたら報酬をはずむと言われたが、その時にメネアさんは図鑑のページを開き、何種類かの竜を見せてくれた。

「すまん、ちょっと出かけてきていいか。すぐに戻る……」

一声かけようとダイニングルームに向かう——すると。

彼がコップに口をつけている。飲まないかと思って後で下げるつもりだったミルクを飲んでいる——ほんの少しだけだが。

「っ……の、飲めるのか？　普通のミルクだけど……」

ふるふる、と首を振る——飲めないという意味かと思ったが、彼はもう一口飲んでみせる。

「んっ……」

そして俺をじっと見る。どうすればいいのか――俺は一つ思いつき、紙を持ってきてペンで幾つかの単語を書き記した。

「えーと……王国語自体は分かるんだよな？」

頷きが返ってくる。読み書きができないだけで、聞いたり話したりはできる――それならば。

「これが甘い、塩辛《しおから》い、辛い、酸っぱい。熱い、冷たい、いい、悪い……他にも色々あるけど、まず、今のミルクはどれだった？」

彼は人差し指で『甘い』と『いい』を示す。そして、『熱い』と『冷たい』の中間あたりを示した。

「……あ……ぅ」

「よし、温度はちょうど良かったんだな。もし熱めの方が好みだったら、その時は『冷たい』『悪い』を示してくれ」

話せるようになったら文字で伝える必要もなくなるが、どれくらいかかるか分からない――それまで、不自由をさせないようにしたい。

「…………」

「……ん？」

紙をじっと見ていて、何も言わない――それはどういうことか。

「この中にはない、ってことか？　何かしたいことがある？」

「…………」

彼は自分を指差す。そして──『悪い』の方を指差した。

もしかしてここにいて気分が悪いとか、居心地が悪いということか。そんな考えが頭を過《よぎ》るが、どうも違うようだ。

「…………」

何かを気にしている──そんなふうに見えなくもない。

「……違ってたら悪いが……風呂に入ってなくて気持ち悪いとか？」

そんな話をリベルタがしていたことを思い出す。彼は俯いてしまったが、しばらくして頷きが返ってきた。

「分かった、風呂の準備をしよう。沸かすところからだから少しかかるが」

「…………」

今度は首を振っている。これは難しい──風呂には入りたいが、沸かすところからでは手間がかかるので遠慮していると、そういうことか。

「大丈夫だ、風呂は大事だからな。傷に障《さわ》らなければ入った方がいい」

その問題はないらしく、彼は服の袖をそろそろとめくって腕を見せ、そして指差す。傷がない、もう治っているということか。

「なるほど、大丈夫みたいだな。じゃあ俺は風呂の準備をしてくるから、ここで待っててくれ」

今度は頷きが返ってくる。庭にある竈《かまど》を使って湯を沸かし、その湯を家の中にある風呂に持ってくる必要がある——俺は浴槽に浸《つ》かることはそう多くないが、今回ばかりは湯を張ることにした。彼は浸からないかもしれないが、どうするか選べるようにはしておきたい。

◆◇◆

風呂の準備を終えた後、俺は彼に風呂場にあるものは自由に使っていいと伝えて、脱衣所に送り出した。

意思の疎通ができるように、単語を書いた紙をいくつか用意する。普段用、食事関係、その他諸々《もろもろ》。

——だいぶ時間が経《た》って、チリンチリン、と鈴の音が聞こえた。

困ったことがあったら鈴を鳴らすようにと渡しておいたのだが、何かあったのだろうか——と思って、脱衣所の戸を開けると。

「…………」

さっき見たのと同じ状態——服を着たままで彼が立っていた。

「最初は入り方を教えた方がいいか……よし、分かった。とりあえず服を脱いでだな、風呂場の方に入っててくれ。椅子があるから、そこに座るんだ」

「…………」

「ああ、俺はいったん外に出てるから」

脱衣所の外に出る——今度は鈴の音は聞こえてこない。代わりに、浴室の戸を開け、閉める音がした。

「一人で何とかなりそうか？」

聞いてみるが、風呂場から鈴の音がする——風呂場に持ち込んでしまったのかとも思うが、細かいことは良しとしておく。

「じゃあ、入るぞ」

さっきはあまり気にしなかったが、沸かしたばかりなので湯気が凄い。温度の調節はしたのだが。

俺が自分で作った椅子に彼が腰掛けている。後ろにいる俺をうかがう——ちょっと身構えているようだ。

「まず、髪から洗っていくか。ここにある洗髪料を髪につけて泡立ててから、湯で流すんだ」

彼は頷かずに、ただ見ている——こういう形での入浴は経験がないということか。

もう『黎明の宝剣』が彼にどんな仕打ちをしていたのか、考えることはせずにおく。今度顔を合わせたら冷静でいられる自信がない。

「まあ、こんな感じだな……こんな髪の色してたのか」

「…………」

泡立てる段階で髪の汚れが落ちた——銀色に近い髪。思っていたより長く、背中の半ばまで届いている。

そして、二本の角。それは一見してアクセサリーのようにも見えるが、確かに頭から生えている。そして一本は折れてしまっていた。

「っ……」

「す、すまん……っ、こっちは触れると痛むか。こっちは大丈夫か？」

折れていない方の角は触れても問題はなかった。正式な洗い方があるのか分からないが、とりあえず同じ作業を繰り返して綺麗にしておく。

桶《おけ》に汲《く》んだ湯に水を入れてぬるめにしてから、泡を流す。このまま身体を洗うと泡がつくので、布を巻いて髪を上げておく。

「次はこっちの石鹸《せっけん》を、こうやって布に擦《こす》って泡立てて、身体を洗う。背中は俺が流すけど、いいか？」

「…………」

頷きが返ってくる。背中の傷は薄く残っているものが幾つかあるものの、ほとんど綺麗に消えていた。

まだ身体が出来上がっていないからか、栄養不足からくるのか、線が細い——というか、ずいぶん華奢《きゃしゃ》だ。

竜人の特徴である尻尾は表面が滑らかで、一部だけ鱗がある。尻尾の付け根の部分の上にあるのは逆鱗《げきりん》というやつか——と、あまり見すぎてもいけない。

「…………」

「後は自分でできそうか？」

頷きが返ってくる。俺は顔の洗い方と、浴槽に入っているお湯と、汲んである水を混ぜて温度を調節する方法を説明し、浴室を出ることにした。

「何か分からないことがあったら呼んでくれ。一応注意だが、浴槽に頭から落ちたりするなよ。風呂で溺れたら洒落にならない」

「…………」

そんな心配はないくらいの年齢ではあるが、どうも俺も過保護になっている。

居間に戻ってきて、これからどうするかを考える。ミルクが飲めるようになったなら、スープは飲めるか――そう考えてようやく、何を作るかが見えてきた。

6　竜人のルーツ

メニューが決まりかけたところで、やっておくことがあったのを思い出した。

「……おお……」

脱衣所のカゴに入れられた病院着。入院中も替えられてはいたようだが、洗おうとして手に取ってみて、思わず声が出る。

（なるほど、風呂に入りたいって言うわけだ……まあ、迷宮の中で一週間風呂に入れなかった時の俺と比べたらまだマシな方だな）

一日で脱出できればまだしも、二日、三日と過ぎていくとどうしても臭《くさ》くなる。中には風呂に入れないことが死活問題になる者もいて、衛生面の対策は冒険者を常に悩ませる問題だ。

着替えは準備してあるのでいいとして、尻尾を出す穴がない。開けた方がいいのかは後で聞くこととして、とりあえず洗濯をすることにした。

◆◇◆

庭の物干し台に洗った患者衣を干す。彼が使っていた装備でまだ使えそうなものも持って帰ってきたのだが、綺麗にするのに時間がかかりそうなので、後で腰を据えてやることにする。

家の中に戻ってくると、ふわっと石鹸の匂いがする。風呂から出てきたのか――と思って何《なに》気《げ》なしに視線を向けると。

「おおっ、そのまま出てきちゃ駄目だ。髪を拭かないとな」

「…………」

濡れねずみで出てきてしまった彼を脱衣所に戻し、髪を拭く。折れた角に刺激を与えないように注意しつつ拭いて、長い髪の水分を取る――俺一人なら必要なかったが、髪を乾かす熱風の魔道具が欲しくなる。

「…………」

彼は振り返ってこっちを見てくる。髪に何かつけているのが気になったらしい。

「風呂上がりは乾燥するからな。これをつけると後でサラサラになる。こういうのは苦手か？」

小さく首を振る。メネアさんからもらったものだが、俺が自分で使った時はなかなか良かったので、気に入ってもらえるといいのだが。

そして彼が首を振っただけで服が肩までずり落ちてしまう。ちょっと大きかったか――それに加えて着方もなかなか大雑把《おおざっぱ》だ。

「風邪をひかないように、服はしっかり着ないとな」

「……っ」

それについては世話をする必要はなく、彼が自分で着崩れを直した。

まだ手当てが必要な箇所について教えてもらっていたので、左手に包帯を巻き、右目に眼帯をつける。折れた角には薬を塗り、頭にも包帯を巻く。

「よし……気になるところはあるか？」

首を振る。こちらも何か見落としはないかと考えて、気づく――彼の爪がかなり伸びている。

「ちょっと爪を整えるけど、大丈夫か？　切ったりするのは」

「…………」

少し不安そうだが、頷きが返ってくる――今まではどうやって整えてきたのだろう。

彼は椅子の背もたれに爪を当てる。それが意味するところに、一呼吸遅れてようやく気づく――硬いもので爪を研いでいたということか。

「爪で攻撃するとかじゃなければ、丸くしておいた方がいいな」

「…………」

今度の頷きは、さっきよりも不安を感じさせなかった。俺は爪を整えるための道具を持ってくる——爪をヤスリで整える際には少々怯《おび》えられたが、痛くないとわかるとそこからは特に問題なかった。

まず家にあったパン、果物を出してみたが、彼は手をつけない。塩漬け肉と野菜を使ってスープを作ってみたが、それも駄目だった。

栄養液と甘くしたミルクがあればそれでいいというような意思表示もされたので、俺がしようとしているのは余計なことなのかもしれない。

——しれないが、何もせずただ回復を待つ気にはなれない。

竜人について何か知ることができないかと、彼を連れてメネアさんの店を訪ねる。彼女はもう店じまいをするところで、快《こころよ》く応対してくれた。

「ファレル君ったら、この時間までずっと厨房で悪戦苦闘してたのね」

「いや、そういうわけじゃ……って言っても、負け惜しみでしかないですね」

スープならあるいはと一縷《いちる》の望みを託して、一種類作っただけで諦《あきら》めるということはない。ただ、闇雲に作るよりはもう少し考えるべきなんじゃないだろうかと考えた。

「……すごく綺麗な子。竜と人間のハーフ……王国は、やっぱり今でも表に出ないところで酷《ひど》いことをしてるのね」

彼は座って、家の中を見ている——のか見ていないのか、目の焦点が合わないのでわからないが、落ち着いた様子だ。

「亜人種の能力に対する恐れは、なかなか拭い去れるものじゃない。それであっても、こんなことを見過ごしてほしくはなかったんですが……」

「あなたとイレーヌさんは見過ごさなかった。そういう人たちとお友達でいられて誇りに思っているわ」

「いや……何というか、光栄ですが。でも俺は……」

「そんなに謙遜《けんそん》しなくていいのよ、あなたはあの子にとっての英雄なんだから」

褒《ほ》めすぎですと言う前に反論を封じられ、頭を掻くしかない。彼が俺のことをどう思っているか――変な奴に引き取られたと思われていなければいいが。

「それで、あの角の形だけど……この図鑑に載《の》っている竜じゃなくて、こっちの本の方に、近いものがあるわね」

「これって……おとぎ話、ですよね」

その本は『竜の住む山』というものだった。子供が読み聞かせられるおとぎ話だ。

「山奥で暮らしていた竜が、人間と交流する話。その竜の角が……」

「……確かに似ている……気は、しますね」

古い本のうえに、挿絵はかすれていてはっきりしないが、角の形はわかる。おとぎ話に登場する竜の角は彼の角より大きいが、形状が似ているのだ。

「おとぎ話の発祥の地は、王国北部の山岳地帯とされている……竜人は、竜と人が交わって生まれた種族と言われているから、角の形は祖である竜に由来する。仮説ではあるけれど」

「北部の山岳地帯……その辺りで、どんな食事が摂られているか分かる資料はありますか？」

「そういったことに関する本はそっちの棚に入っているわ。確かあったと思うけど……ファレル君、一緒に探してもらえる？」

「はい、もちろん」

メネアさんの言う通り、王国各地の生活様式や文化を記した書物が納められた本棚を調べる。かなりの蔵書数だ——というか、俺もここで別の本を読ませてもらったことがある。

「ん……っ」

高い位置にある本に手が届かず、メネアさんが背伸びをしている。踏み台を持ってくるよりは、俺が取ってしまった方が早い。

「これですか、メネアさ……」

「きゃっ……ご、ごめんなさい……」

メネアさんがバランスを崩してこちらに寄りかかってくる——弾力のあるものが惜しみなく当たっているが、反射的に心を無にする。

「…………」

「あっ……え、ええと、ちょっと調べ物をね。高いところの本を取ってもらってたの」

「ごめんな、待たせてて退屈だったか」

いつの間にか、彼が席を立って俺たちのすぐ後ろに立っていた。

「ああ、これね。この本に載ってるはずよ」

『高地の民《たみ》とその習俗』――いくつかの章立てがされているが、そのうちの一つの項目が料理について割かれていた。

「…………」

「ファレル君に一緒に読んでほしいみたいね」

「っ……そういうことなんですか？　俺よりよく分かるんですね」

「私も種族柄長く生きているから、少しくらいはね。二人とも何か飲む？　いったんティータイムにしようかしら」

メネアさんに彼が飲めるのはミルクだと伝える。席に着いて本を読もうとすると、立ったまま横から見ている――本当に一緒に読みたいということか。

「この料理、見たことあるか？　というか、食べたことは……」

「…………」

頷きが返ってこない。開いたページを彼はじっと見つめている。

『はい』と『いいえ』を書いた紙を彼の前に置き、意思表示をしてもらうように頼む。この本に手がかりはあるのか、それとも――。

やがて震える指で示されたのは、『はい』の方だった。

「そうか……ありがとう、教えてくれて」

高地の郷土料理である煮込みスープ――そのレシピを、俺はどこまで再現できるかを考えていた。

7　雨の終わり

レシピを書き写させてもらい、メネアさんの店を後にしようというところで来訪者があった。

「もし、店主様はいらっしゃいますか」

エルバトスには複数の冒険者ギルドがあるが、その中で最も権勢を誇っているのは『金色《こんじき》の薫風亭《くんぷうてい》』である。

そこから使者が訪れたようだが——俺は奥に引っ込んで姿を見せないようにする。

「はい、いかがなさいましたか？」

「ああ、良かった。急なご相談ではあるのですが、悪い話ではないと思います」

店頭で話していても、二階の居間まで声は聞こえてくる。

「先日、当ギルドに特級パーティの『黎明の宝剣』が訪れまして。王都の拠点《きょてん》に人を集めているとのことで、優秀な薬師《くすし》を雇用したいとおっしゃっているのです」

また『黎明の宝剣』——ジュノスとガディ、ロザリナの顔が頭に浮かぶ。

「申し訳ありませんが、私はすでに隠居しているようなものですので。できれば他を当たっていただけると助かります」

「そうですか……条件はこのようになっているのですが」

メネアさんはその条件とやらに目を通しているようだ。紙をめくる音が聞こえ——そして。

「高い評価を下していただいて光栄ですが、やはり辞退させていただきます」

「そうですか……『天駆ける翼馬亭』からの紹介であれば受けられましたか？」

「そちらのギルドとは懇意《こんい》にさせていただいていますが、それはそれ、これはこれ……ですわ」

「分かりました、では他を当たってみます。くれぐれも後悔のなきよう」

捨て台詞《ぜりふ》のようなことを言って、『金色の薫風亭』のギルド員が帰っていく。

メネアさんはドアの鍵を閉め、二階に上がってくる──そこまでは笑みを貼りつけたような表情だったのだが。

「『金色の薫風亭』にもお世話になったことはあるから、あまり言いたくないんだけど。人材の取り合いみたいな意識を持たれても困るのよね、私はマイペースにお店をやりたいんだから」

「メネアさんは、向こうのギルドには依頼をしてないんですね」

「ま、まあそれはね。信頼できる人に頼みたいし……あっ、そういう意味じゃなくてね、お得意様との取引を大事にしたいっていうことでね……」

「ありがとうございます。また依頼があったらいつでも言ってください」

いちおう俺がお得意様ということになるのかと思ったのだが、メネアさんは何か言いたそうにこちらを見てくる。

「……ファレル君はそういうところが美点であり、問題点でもあるわね」

「も、問題点……というと？」

「なんでもないわ。ちょっと雨が降ってきたから、帰る時は気をつけてね。あなたも来てくれてありがとう、ファレル君は優しいから遠慮なく頼っていいのよ」

「…………」

俺本人を前にしてそんなことを言われると落ち着かないのだが——彼はやはり声を発することなく、今回は頷くこともなかった。

◆◇◆

家のある街区に戻る途中に、門前通りという馬車が行き交うような広い道がある。

まだ『黎明の宝剣』はこの街にいる。そう分かっていても、そうそう姿を見かけることはないと思っていた——しかし。

「っ……！」

雨の中を走る馬車。その客車に、ジュノスと仲間たちが乗っていた。

「——あぁぁっ……!!」

待て、と言う間もなかった。彼は俺の背中から降りると、がむしゃらに走って馬車を追いかけていく。しかし体力が落ちた身体では、追いつくことはかなわない。

彼は転倒し、その場にうずくまる。通行人たちが呆然と見ている中で、俺は彼に追いつき、抱きかかえる。

「うぅっ……うぁぁっ……！」

何も言葉が出てこない。顔をぐしゃぐしゃにして縋《すが》りついてくるのに、何もしてやれない。

「……うぅぅっ……！」

感情を表さないなんて、それはただ表面を見ていただけだ。

抑え込んでいるだけだ。『古き竜の巣』で彼を見つけた時から、まだ何も変わっていない。

「おい、あの子、派手に転んだけど……」

「馬車が通る道をちんたら歩いてんじゃねえ！　……ひぃっ！」

罵声《ばせい》を浴びせた相手を睨《にら》みつけたつもりはなかったが、俺も感情を抑えきれていなかった。

『黎明の宝剣』はメネアさんを自分たちの陣営に入るよう誘いかけてきた。人を一人迷宮で見捨ててきたにもかかわらず。

「あいつらを許しはしない。けどな、それでも今は抑えるんだ。いつか必ず見返してやろう」

「っ……うぐっ……うぅ……」

彼は何も言わない。それでももう取り乱しはせず、俺の服の胸のあたりを強く摑んでいた。

◆◇◆

家に帰り着くと風呂の準備をして、彼が入っている間に料理に取りかかる。

高地で湯を沸かすと沸点が低くなるので、特殊な竈《かまど》を使って料理をしていたらしい。平地ではその必要はないと考えられる――レシピに載っているものと近い野菜を切って網に入れ、出汁《だし》を取る。

うちの地下には貯蔵庫として氷室《ひむろ》を作ってある。マルーンキングの尻尾肉を出汁取りに使うのは非常に贅沢《ぜいたく》だが、レシピに『マルーン系魔獣の尾の肉』と書いてあるので、これを使わない手はなかった。

肉をスライスしてから巻き、紐《ひも》で縛り、鍋に投入する。出汁を取った後の肉は別途調味料に漬けておけば、後日簡単に品数を増やすことができる。

「……問題はこれだよな。『天衝樹《てんしょうじゅ》の類《たぐい》の葉』って」

天衝樹というのは、世界でも最大級の樹高を持つ木のことだ。地上から届かない高さにしか葉をつけないし、自然に葉が落ちることもほとんどないという。

いちおう図鑑に葉の形が載っていたので書き写してきたが、こんな形の葉に見覚えは——と考えて。

「……待て……ちょっと待てよ」

彼を助けに行く前に、採取したもの。メネアさんに届けた分以外は、庭の倉庫に入れておいた。

雨の中、小走りで倉庫に向かう。そして棚の中に入っている葉と実を取り出す。

——見たことがない葉だ……実もついてる。鳥がどこかから拾ってきたのか？

——グルル、ガルッ。

なぜ、深層に降下する途中で立ち寄った樹木の葉が、天衝樹のものと似ているのか。

「……似てるからって使えるとは限らないが……」

葉をかじってみる。クセはあるが、どうやら毒性はなく、スープを作る時に一緒に入れることのあるハーブに似ている。

「まあ、駄目だったら作り直せばいいか」

翼竜のグラが教えてくれたものなのだから、竜が好むものなのかもしれない。

実のほうは手のひらに載る大きさで、中身がしっかり詰まっているようだ。とりあえずこれも厨房に持っていくことにした。

◆◇◆

風呂から出てきた彼の髪を乾かすなどした後、しばらく待っていてもらう。

鍋の蓋《ふた》を開ける——今まで作ったスープのどれとも違う。

琥珀《こはく》色に透き通ったスープを匙《さじ》ですくい、味見してみる。素材の味が溶け合って、二重三重のコクが生まれている。一口飲むとすぐに次が欲しくなるが、味見はもう十分だ。

スープ皿に盛りつけ、ダイニングルームに持っていく。

「………………」

これで食べてもらえなくても、決して諦めはしない。

彼は反応を示さない。しかし、ただじっと目の前の皿を見つめている。

まるで時間が止まっているようだった。

彼がスプーンを手にする。そしてスープをすくい——口に運ぶ。

何も声が出せない。見ていることしかできない。

もう一度、同じことが繰り返される。しかし二度目は、その頬に朱が差している。

「……おい……しい」

初めて、言葉を聞くことができた。

何もしてやれないという無力感、それすらも驕《おご》りなのかもしれないと思った。だが、全てが報《むく》われたような気がした。

「おいしい……」

その目から溢《あふ》れる涙を拭いても、とめどなく頬から滴《したた》り落ちた。

しかしそれはもう、激情の中で流れるものではなかった。

第三章 ◆ 新たなパーティの迷宮行

1 名前

一杯目は消化のいい具材を少し入れただけの控えめな盛りつけだったが、それでも俺が驚くほど早く完食してもらえた。

「…………」

「あっちの鍋にはまだおかわりもあるぞ。急に食べると身体が驚くからな……え？」

「……だい、じょうぶ」

「っ……声が出るようになったのか？」

俺にとっては急な変化に思えるが、少しずつ回復に向かってはいたのかもしれない――エドガーたちに伝えたらどんな顔をするだろう。

「……ファレル、さま」

「えっ……」

俺の名前を伝えてはいたが、呼ばれるとは思いもしていなかったので一瞬戸惑《とまど》う。

「……僕、何か、変な……こほっ、こほっ」

「だ、大丈夫か……っ」

まだ声を出すことに慣れておらず、彼が咳《せ》き込む――しかし大事にはならず、すぐに落ち着いた。

咳《せき》をして目を潤《うる》ませながらも、大丈夫だというように微笑む。こんな子供をあれほどに追い込むとは――と、毎度怒りが湧いてくるが、今は我慢だ。

「全然変じゃない、俺はファレルだ。それで合ってるよ」

「名前を言ってくれた時、僕も、言おうと思って、話せ、なくて……」

「慌《あわ》てなくていい、急ぐことはないんだ」

まだ言葉はたどたどしいが、声を出すことにも徐々に慣れていくだろうか。

「……あ、あの。今日は、二度も、お風呂を……ありがとうございました」

「ごめんな、彼らがまだ街にいるのに、外を出歩かせたりして」

「……嬉しかったです、連れていってくれて。一人だと、何も……」

「何もってことはない。今は身体を治すのが君の仕事だ……そうだ。名前を言おうとしてくれてたんだよな」

尋《たず》ねると、彼は胸に手を当てる――緊張すると出てしまう仕草らしい。

「僕は……セティ、といいます」

「……そうか、それが君の名前か」

「は、はい。その……あの人たちには、言っていないんです。奴隷になってからは、誰にも」

「それは……」

「……ずっと、番号で呼ばれていました。『8番』と。名前を知ってほしいと思える人に会ったのは、初めてです」

彼が『黎明《れいめい》の宝剣』で受けてきた扱いと、それ以前のことにまでも想像が及ぶ。

「……いったい、何があった？　君の種族が持つ力に、王国が目をつけたのか」

「亜人狩り……というようなことは聞いています。僕はまだ幼く、気がついた時にはもう奴隷の立場でしたから。五つの拘束具をつけられて、制約に縛られていました」

聖騎士団は王族、貴族、そして何より民《たみ》を守るもの。しかしその優先順位は厳然としていて、抗《あらが》うことはできない。

守る対象であるべき人々に対しても、時に強権を発動する――希少なものを欲しがり、力を求め、脅威《きょうい》と考えたものを攻撃する。

「……すまない」

「っ……ファレル様が謝られるようなことはありません、僕はあなたに、本当に……っ」

「俺は、亜人狩りを止められるような立場にいたことがあった。この国の軍にいたんだ」

「……でも、亜人狩りのことは知っていらっしゃらない。それなら、ファレル様がいない頃に起きたことです。僕はあなたに救われました……この胸にあるのは、その事実だけです」

気がつくと、セティは立ち上がっていた。テーブルの上に前のめりになって、熱心に訴えかけてくる。

「セティが強かったから、あの状況から戻ってこられたんだ」

「そんなことは……僕だけだったら、ずっと復活し続ける魔物たちを倒せないままでした」

「それでも、生きていてくれた。もしそうでなかったら、あのローブを着た骸骨《がいこつ》は、セティと俺を戦わせようとしたかもしれない」

「……ファレル様に剣を向けるなんて。そんなことは、絶対にしたくありません」

「俺もセティとは戦いたくない。だが、その強さには驚かされた……『黎明の宝剣』なんて目じゃないくらいの素質が、君にはある」

「ぼ、僕は、そんな……使い捨ての駒とか、肉の防壁とか、そんなふうにしか……」

詳しく話を聞くほどに『黎明の宝剣』に対する印象が悪くなっていくというのもどうなのか——だが、おおかた想像通りでもあるのが正直なところだ。

「いや、セティの実力は目を瞠《みは》るものがある。これからどうするのか、冒険者なんてもうまっぴらかもしれないが。やりたいことをやるための資金を稼ぐには悪くない……君の実力は、中級相当よりもはるかに上だからな」

「……ファレル様は、なぜ中級の徽章《エンブレム》をつけているのですか？」

「ん？　俺にはこれくらいが身の丈《たけ》に合っているから……」

「そんな……そんなことは絶対ありません、ファレル様は、あの人たちよりも……っ」

「わ、分かった、話は聞くから、そんなに詰め寄ると……」

セティはテーブルを回り込んできていたが、俺の肩を摑んでいる自覚がなかったらしく、気づいて顔を赤くする。

「あっ……す、すみません、つい……でも、ファレル様がすごくお強いことを、知っているので……記憶はぼやけてしまっていますけど、ちゃんと見ました」

冒険者になる前の経歴、そしてなってからのことを考えても、それなりに腕に覚えはある
——それでも、そんな人間の驕《おご》りを飲み込むのがヴェルデ大迷宮だ。

「……さっき、おっしゃっていたことですが。これからどうするのか……」

「あ、ああ。急《せ》かしてるわけじゃないからな、ゆっくり考えてくれて……」

「ファレル様と一緒に、冒険者をしてみたいです……っ」

「……ま、待て。確かに悪くないとは言ったが……」

「僕の実力は、中級相当よりはるかに上……とおっしゃいました」

それは嘘でも何でもないが——セティの方から、これほど前のめりになるとは思っていなかった。

「……ファレル様は、子供の機嫌を取るために、いい加減なことをおっしゃる方なのですか？」

これはお手上げだ——そんなふうに責められては、返す言葉もない。

「……こんなおっさんとパーティを組むとか、物好きだって言われると思うぞ」

「その……僕の方こそ、ある程度体調を取り戻さないと、ついていくこともできないと思うので、ご迷惑をおかけしてしまいますが……」

『黎明の宝剣』がセティをメンバーとしてギルドに登録していなかったことは分かっているの

で、それなら手続き上は何の問題もない。

（しかし……話してるとたまに気になることがあるような……）

「……やっぱり、難しいでしょうか」

「い、いや。俺から提案したことだし、全く問題はない。身体が治り次第、気が向いたら仕事を受けて大迷宮に行ってみるか」

「っ……ありがとうございます、ファレル様……！」

この懐《なつ》き方は、もはや子犬か何かのようだが――元気になったということで、良しとしておくべきか。

「……あっ」

まだ食事を控えめな量だけにしておいたからか、きゅるる、と音が聞こえてくる。

「もう少し食べられそうか？　材料はあるし、粥《かゆ》も作るか」

「は、はい……お願いします。あの、僕もお手伝いしてもいいですか？」

「そいつは助かるな。味付けとかも自分の好みにしていいからな」

「いえ、それはファレル様のお好みで……あっ……お粥などは、ふだんは召し上がらないですよね」

「たまに食うとなんでも美味《うま》いもんだ」

歯ごたえが欲しければ野菜と干し肉をかじればいい――と、自分が満足しようと料理にこだわっていたのが、セティが来てからがらりと変わってしまった。

「ファレル様、これはなんですか？」

「俺もよくわかってないが、たぶん食べられるんじゃないか？　デザートにしてみるか」

天衝樹《てんしょうじゅ》の葉の代わりとしてあの葉が使えたということなら、実の方も天衝樹に類する木の実ということになる。高地の民が好む果物という可能性もなくはない。

まず俺が毒見をしてから、セティが希望するなら食べさせてみることにしよう。

SIDE1　光が差すまで

大迷宮の深層。そこに向かう間、僕はいつもの通り、『黎明の宝剣』の前を歩いていた。

戦士で大男のガディが、僕の後ろで見ている。これはいつものことで、僕は『危機探知』の魔法をかけられて、前を進む役割を与えられている。

「悪く思うなよ、こっちも仕方なくお前を先に行かせてるんだ」

「なにせ、獣みたいに素早いしね。このパーティだと重宝《ちょうほう》するわ」

ガディは僕の行動を見張っていて、一番後ろにいるロザリナは、浮遊球に乗って滑るように移動しながら、僕に魔法をかけている。

迷宮には人工、天然を問わず、罠《わな》がある。魔物の奇襲だってある。僕はそれに、いつもパーティの前面で向き合うことになる。

（これが終わったら……僕は……）

戦闘奴隷としての務めを果たしたら、奴隷契約を破棄してもらえる。

でも、もし約束が守られたとして、その先は？

僕には帰る場所がない。故郷は亜人狩りで荒廃したと聞かされ、肉親の手がかりもほとんどない。あるのは、生まれながら記憶に刻まれた名前だけ。

竜人としての真名《まな》、セティスラルム。きっと死ぬまで誰にも教えることはない、意味のない言葉。

「8番、予定より遅れているぞ。また罰を受けたいか？」

「っ……」

「やめてやれよジュノス、怯《おび》えてるじゃねえか。ま、拘束具はそのために使うもんだけどな……！」

「……ぐぅっ……！」

ガディは戦士でいながら、ある程度の魔力を持っている。僕の五体につけられた拘束具が彼の魔力に反応し、雷撃が流れ、苦痛で目の前が白くなり、黒くなることを繰り返す。

「やりすぎないでくださいね、治す身にもなってください」

その言葉と裏腹に、神官のシーマは僕に回復魔法を使ったことはない。

この人たちは嘘をつく。けれど契約の破棄は、書面がちゃんと作られていて。

終わりさえすれば、楽になれる。解放されるなら、僕は――。

「穢《けが》れた種族の姿を見るのも今日までか」

「なかなか面白かったよ。竜人なんてもう絶滅危惧種《きぐしゅ》だからね」

僕に対して常に憎しみをぶつけてくるのは、ハンマーを持った女性の大鎚師《おおづちし》。そしてもう一人は、さまざまな隠し武器を使う男性の暗器《あんき》使い。

この大迷宮で『深層』と呼ばれるのは五層からで、そこに辿《たど》り着くだけなら、パーティの全員が来る必要はない。

それなのに、全員が揃《そろ》っている。そう、ジュノスは言っていた。そして『今日で終わりだ』と繰り返している。

その意味を、僕は分かっていなかった。

彼らが全員揃って深層に入るのは、それだけ危険な場所だから。万全を期するためなのだというくらいに思っていた。


五層に入って間もなく、僕たちは『古き竜の巣』に入った。

入ろうとした時、谷を渡る岩の道のところで誰かが止めてきたけれど、ジュノスは「特級冒険者の受ける依頼は全てにおいて優先される」と言って、強引に押し通ってしまった。

「迷宮に住むなんて、物好きな連中がいるもんだ」

「外の世界より居心地がいいんでしょ。私も胞子《ほうし》さえなければいてもいいんだけど」

「さすが瘴気《しょうき》を食う女は言うことが違うね」

後ろの人たちの話には耳を傾けずに、僕は進む。

けれどここに入った時から、悪寒《おかん》が走るように感じていた。

奥に続く扉。骨が組み合わさってできたようなその扉に、命令されて触れる。

「お前は『鍵』だ。情報通りだったな」

僕は、竜の墓に侵入者を引き入れてしまった。竜の力を持つ者しか入れないその場所に。

何も考えられずにいると、僕の横を通り過ぎて、ジュノスが部屋の中に入っていく。

「お宝だらけだが、持っていっていいのか？」

「ガディ、目的の物以外を持っていくとあんたも……」

「おっと、そうだった」

そのやりとりの意味も、僕は分からないまま。ジュノスが、竜の巣の中心の堆《うずたか》く積み上がった財宝の中から、一本の剣を引き抜く。

「ジュノス、見つかった？」

「ああ。竜が財宝にしていた剣だ……これはいい交渉条件になる」

「俺はどっちかといえば、こいつ自身の方が価値があると思うんだがな」

彼らが僕を従えながらも忌避《きひ》しているのは、『穢れた種族』と言われているから――ガディが言うような価値がないのは、僕自身が一番よく分かっている。

それでもガディは、最近になって時々違うことを言いだした。戦闘奴隷の僕を、ただの奴隷として売ろうとしている――どうしてそう思うようになったのかは分からないけれど、彼が見てくるたびにいい気分はしなかった。

「穢れし者にまで欲情するか……愚かな」

「今さら話し合う必要はありません。事前に決めていたことではないですか」

「ちょっと、もうすぐ出てくるわよ。いるんでしょ？　番人が」

ロザリナの慌てたような声。僕がシーマの方を振り返ろうとした時には、もう遅くて。

彼女の杖がこちらに向いている。聖なるものであるはずのその杖は、僕にはとても不気味な存在に見えた。

杖の先が、揺らぐ。いけないと思った時には。

時間の感覚が抜け落ちて、『黎明の宝剣』のメンバーは一人もいなくなっていた。

「クカカカカ……!!」

目の前には、ぼろぼろの布を纏《まと》った骸骨。死霊《しりょう》を操る魔法を使って、周辺にある竜の骨から『竜牙兵《りゅうがへい》』を作り出す。

本当は戦いたくない相手。竜はともにあるべき存在で、その骸《むくろ》を弄《もてあそ》ばれるようなことは決して許してはいけない――でも。

ドクン、と心臓が大きく鼓動を打つ。

「う……うぅ……あぁぁぁっ……!!」

シーマの幻惑《げんわく》魔法だけじゃない、ロザリナがガディによく使っている魔法――『狂化《バーサーク》』。

目の前の敵を全て倒すまで、凶暴性が抑えられなくなる。

生き残ることさえできればいい。それなのに、逃げるという考えを抑えつけられる。

斬りかかってくる竜牙兵の攻撃を避け、反撃する。脆《もろ》い部分に当てなければいくらもダメージを与えられない――頭骨《ずこつ》を支える首の骨を狙って斬っても、すぐに再生される。

――倒しきれない。『黎明の宝剣』の全員がいれば、倒せるはずの相手なのに。

宝を持ち出すことへの呪いを恐れて、彼らは僕に全て押しつけた。

「――あぁぁぁっ……！」

ねなくて。

そこからのことは、切れ切れにしか覚えていない。

傷つけられて、傷つけて、壊して、壊されて、地面に這《は》いつくばって、それでも――まだ死
拘束具は戦っているうちに壊れて、残りの一つになっていた。思考を抑えつけていた、僕を
奴隷にする命令は効力を失いかけていて――それでも抗えない。

武器を持つこともできなくなって、それで思ったのは、これで終われるということだった。

それなのに。

誰かの声がした気がして。

その後に、僕の後ろから飛んできた何かが、武器を振りかざした骸骨たちを打ち砕いた。

『よく耐えた。死ぬんじゃないぞ……』

ああ、誰かが来てくれた。

でもこんな状態になった僕を、助けることに意味はない。

助けてくれた彼に、やり場のない怒りをぶつけた。そんな恩知らずなことをしたのに。

『苦しかったよな……』

最後に残った拘束具を、彼は外してくれた。

その瞬間に、僕はとても長い間、自分じゃない誰かになっていたのだと気がついた。

僕を背負って迷宮を進むその人は、魔物に行く手を阻《はば》まれても勇敢に立ち向かった。

その人が呼んだ翼竜の力を借りて宙に舞い上がる時に、思った。

もし、生きられるなら。

この人のことをもっと知りたい。どんなことをしてでも、この恩を返したい。

ありがとうという言葉では足りない。全部を、この人のために使いたい。


ファレル様がお風呂の準備をしてくれた時、僕はどうしていいか迷っていた。

ずっと『8番』と番号で呼ばれていたように、戦闘奴隷は男性も女性も関係なく扱われる。

ファレル様も、僕のことを男性だと思っている。エドガー先生はちょっと変わっている人なので別として、リベルタさんは僕の身体を拭《ふ》いてくれた時に、少しそのことに触れていたので、彼女は知っている。

でも、ファレル様に教えていないみたいなので、僕もそうした方がいいのかなと思う。

それより何より、初めてこういうお風呂を使うので勝手が分からなくて、困った時に鳴らすように言われたベルを鳴らした。

『最初は入り方を教えた方がいいか……よし、分かった。とりあえず服を脱いでだな、風呂場の方に入っててくれ。椅子があるから、そこに座るんだ』

やっぱり脱がないといけないんだ、と思った。その時はまだ頭がはっきりしてなかったけれど、今だったら顔に出ていたと思う。

身体を拭いてもらってはいても、僕はファレル様に匂いで迷惑をかけていないかが気になっていた。それを何とか伝えて、お風呂を沸かしてもらえることになったけれど、それもすごく申し訳なくて。

ファレル様が見ている前で脱ぐことになるのかなと思ったけれど、すぐに外に出ていってくれた。僕に気を配ってくれてるんだとしたら、どれだけ優しい人なんだろう、と思わずにいられなかった。

お風呂に入ってからまたどうするか分からなくて、ファレル様を呼ぶ時はすごく緊張したけど、髪を洗ってもらった時は夢見心地だった。人に洗ってもらったことなんてなかったし、折れた角も本当はそんなに痛くはなくて、どちらの角も触れられると心地良かった。

『次はこっちの石鹸《せっけん》を、こうやって布に擦《こす》って泡立てて、身体を洗う。背中は俺が流してやる』

緊張していて何が何だか分からなくなりそうだったけど、ファレル様は優しい人だと分かっているので、安心できた。傷の治りは早いけど、背中がどうなっているのかは少し気になった

——でも、大丈夫だったみたいで。

尻尾を洗ってもらった時は、もうこのまま眠ってしまいそうなくらいだった。尻尾を安心できる人に触られるとどうなるのかも知らなかった——でも、ファレル様はそこまでで洗うのをやめて、あとは自分でということになった。

まだ気づかれていないっていうことは、僕は見た目だけでは分からないくらい男性にしか見えないのかもしれない。後ろから見ただけだとそうなのかもしれない。

『おおっ、そのまま出てきちゃ駄目だ。髪を拭かないとな』

髪を拭くためにきれいな布を使っていいのか分からなくて、そのまま服を着て出てきてしまった僕は、ファレル様に髪を拭いてもらいながら思った。

ファレル様がそう思っているなら、このままでいい。僕を救ってくれた人を驚かせたり、困らせたりすることはしたくないから。

2　食後のデザート

粥は穀物《こくもつ》の歯ごたえをどこまで残すか、そして塩加減が重要である。

身体に吸収されやすくする材料の組み合わせというものがあり、それを守っていれば凝《こ》ったことをする必要はない。

鍋を火から外し、ダイニングに持っていって木の鍋敷きの上に置き、器《うつわ》に盛りつける。

「熱いから気をつけてな」

「熱いのは平気です、竜人なので」

そういうものなのかと思って見ている——そんなに目を輝かせなくてもと思うが、こちらも自然に口角が上がってしまう。

「……美味《おい》しい。今まで食べたことのあるお粥とは全然違います、すごく濃くて」

「濃い……それは味が？」

「はい、味も、具材……というんでしょうか。それもすごくたくさんで」

まだ育ち盛りの年頃だろうに、十分な食事も与えられていなかったのか——俺にとってはただの粥が、セティにとってはご馳走《ちそう》だという。

「……ファレル様？」

「あ、ああいや……味は大丈夫ってことだよな」

「はい、美味しいです。こういうお味の方が、僕は好きです……っ」

「そうか……実は粥っていうのも、食事として出すならいろんなバリエーションがあるもんなんだ。今は療養食として作ってるから、もし大丈夫そうなら普通の料理も作っていく。粥だけじゃなくパンも焼けるし、肉や魚を使った料理とかもある」

「わぁ……っ、そんな、僕にはもったいないです……！」

身体を作るために必要なものが全く摂《と》れていないということはないので、豆などを摂っていたのだろうが、肉と魚と言っただけでこんなに恐縮されるとは。

「今日の昼に行った市場《いちば》にもいろいろ売ってたが、好きなものを選んでくれればそれを使って作れるぞ」

「凄《すご》い……ファレル様はあんなにお強いのに、お料理まで得意なんですね」

「冒険者をやってるついでに、美味いものがないか探すようになってな。迷宮で手に入った材料は自分で料理するしかなかったりするから、それでやるようになった。でも、人に食べてもらうのは別の話だからな……正直言って緊張してたよ」

俺の話をセティは目をじっと見て聞いてくる――照れるものがあるが、そうされるとこちらも目は逸《そ》らせない。

「ファレル様が緊張を……それは、なぜですか？」

「それは、不味《まず》いものを食べさせてしまったら申し訳ないからな」

「……僕が今まで生きてきた中で、一番美味しいです。ミルクを飲んだ時もそう思っていたんです」

甘くして温めただけのミルクで、そこまで喜んでくれていた。そして、その後に作ったものも――これほど嬉しいことはない。

「セティは甘いものが好きなのか？　さっきのミルクとか」

「その……お菓子とか、果物とか、そういうものを『甘い』というのは知っていたんですけど、あのミルクも甘いものなんですか？」

「そうだな、あれには糖蜜が入ってる。菓子にも使うが……」

そう考えたところで、ふと思いつく。

「……食後のデザートっていうのも初めてか？」

「は、はい。パーティの人たちが食べているのは見ていましたけど……」

『黎明の宝剣』の行いについてはもはやそういう連中だろうな、と諦《あきら》めの境地に達している。

だからこそ、その記憶を良い思い出で覆《おお》ってやりたい。

「よし、じゃあ今から作るか」

「作る……い、いえ、こんなに美味しいものを作ってもらったのに、そんな……っ」

「何を言ってるんだ、まだまだこれからだぞ」

セティは目を瞬《しばた》いている――今晩はデザートが最後のメニューになるが、明日からもバランスの取れた食事をしてもらって、成長期の栄養不足を補ってもらうつもりだ。

「……ファレル様、このご恩はいつか……い、いえ、できるだけ早めに必ず……っ」

「よし、それならちょっと手伝ってもらおうか」

「い、いいんですか？　僕みたいな者が、大切なお料理場に入っても……」

「もちろん。まあ俺もやってることだが、食材を触るときには手は洗った方がいいっていうくらいだ。そこまで気にしなくてもいいが、念のためにな」

「はいっ……！」

とてもいい返事だ――昔、聖騎士団にいたときの教え子たちのことを思い出す。ちょっと前に手紙が来ていたので、そろそろ返事を送らないといけない。

「セティの分もエプロンを用意したほうがいいか。とりあえず、俺のやつを使うといい」

「はい……凄いです、ファレル様の使い込んだものを貸していただけるなんて」

「ははは……おっさんの年季が染みついてるだろ」

「……ファレル様は、そんなに『おっさん』というふうには見えないです」

「っ……そ、そうか。いや、まあ歳はおっさんだからな。よし、菓子作りを始めるぞ」

少し強引だと分かっていたが、話を打ち切って台所に向かう。セティは不思議そうにしていたが、気分を切り替えて俺の後についてきた。


『天衝樹に類する木の実』を果実としてデザートに使えないかという発想を思いついて、とりあえず包丁を入れてみる。皮を剝《む》き、種を切らないようにして果肉を外す――かすかに桃色を帯びた白で、甘く芳醇《ほうじゅん》な香りがする。

「……この実は……」

「ん……もしかして、食べたことがある？」

「い、いえ。物心つく前のことは覚えていないんですが、時々あるんです。ご先祖様が食べていたんじゃないかな、っていうものに出合うことが」

「さっきのスープにも、この果実と一緒についていた葉が風味付けに入ってるんだが。それはどうだった？」

「は、はい、どこか懐かしいような、そんな味がするなと思いました。それまでは飲み物以外何も喉《のど》を通らなかったのに、あのスープは違ったんです」

　そういうことだったのか、と得心がいく。やはり高地の民の料理を参考にしたのは間違いではなかった。

「それならこの果実もセティの一族に縁があるのかもしれないな」

「わ、分からないですけど……美味しそうだな、って思います。すみません、物欲しそうなことを言って」

「そんなことはない、美味そうなら美味そうと言うのが一番いい……一口味見してみるか」

　毒が効きにくい体質の俺が、まず試しに小さく切った果実を食べてみる——少し硬く、甘みはあっさりしていて、酸味の方が結構強い。

　大丈夫そうだということで、セティにも食べてもらう。あーんとするのは恥ずかしそうだったが、パクッと口の中に入れる。

「ん……美味しいです、でもちょっと固いかもしれないです」

「そうすると、生食よりは熱を入れた方がよさそうだな。よし、パイを作ろう」

「パイ……ですか？」

　少し前に果物のパイを焼き、知り合いに差し入れをしたことがある。エドガーは『意外な味だね』と言い、メネアさんは『またオーダーしてもいい？』と言ってくれた。

　甘いもの好きのメネアさんはそれほどに喜んでくれたが、セティはどうだろうか。

　果実が一個しかないので小さなパイにはなるが、失敗しないように注意して完成させたい。

◆◇◆

いつの間にか部屋の明かりが消えて、俺は居間で長椅子に座ったまま眠っていた。

確か焼き上がったパイを、セティと二人で食べて――そのしばらく後《のち》の記憶が曖昧《あいまい》だ。

（……夢……？）

頭がぼんやりとしている。よほど深酒をしなければ酔わない俺が、こんなになっているということは――やはりこれは夢らしい。

「……ん……」

気づくと、俺の膝《ひざ》の上に誰かが乗ってきている。

大きめの、ぶかぶかの服を着た女性。大胆に前が開いていて、肌が露《あら》わになっている。

俺にそういう願望があるのか、常日頃見る夢と同じで特に脈絡《みゃくらく》などないのか――分からない。

「んんっ……」

女性は俺の肩に手を置いている。温かい――そう感じても、身体は動かない。

「……は……です……」

何か言っているが、よく聞こえない。

女性は俺の手を取ると、自分の胸の方に持っていく――夢の中でも多少は思い通りになり、手が止まる。

彼女は俺の手に頬擦りをする。暗くてその顔が見えないが、月のものか、窓から明かりが差し込んで――。

「――さま、ファレル様」

「ん……」

気がつくと、自室のベッドの上だった。

すぐそこにいるのは――セティ。片目を眼帯で覆った彼が、俺を見て微笑んでいる。

「おはようございます」

「ああ、おはよう……って、朝食の準備をするって言ってたのに、寝坊しちまった……っ」

「僕は大丈夫です、ごゆっくりなさってください。下でお待ちしていますね」

セティはそう言うが、起きないわけにもいかない。彼が部屋を出ていった後、間《ま》を置かずにベッドから出る。

夢の話はセティに聞かせるようなことではないし、変な夢を見ないように精神修養が必要だ。

「……ん？」

服が一枚外に出してあり、畳んで置いてある。

これを着てくれ、ということだろうか。まあ自分で用意できるといえばそれまでだが、セティの厚意ならば甘えておくことにする。

朝食の準備はセティも手伝ってくれたが、なぜかずっとぎこちなかった――まだうちに来て慣れていないということなら、時間が解決してくれると思うことにした。

3　朝食と買い物

朝食のベーコンを口にしたセティは、しばらく時が止まった状態になっていた。

「……ん……んんっ……！！？」

「ど、どうした？」

「美味しいです……っ、柔らかくて、カリカリしたところもあって。お肉ってこんな味なんですね……っ」

「そうだな、まあそれは燻製《くんせい》だから香りがついてるけど」

「燻製……ですか？」

保存が利《き》くように木のチップを使って燻《いぶ》すのだ、と解説する。エルバトスでは南方の港から運ばれてくる塩がいつでも手に入るし、東には岩塩が採《と》れる場所もあるので、ベーコン作りに必要な塩の入手には困らない。

それらの塩よりも上質とされるのが、迷宮産の塩である。岩塩の形で採れるものだが、塩は瘴気の影響を受けないため、そのまま持ち帰って利用できる。

大迷宮二層で採れた塩を使ったベーコン。肉は市場で買えるものを使っているが、迷宮の食材を使ったらどうなるか――そういった興味もあって迷宮に潜《もぐ》っているのだ。

「この卵もとろっとしていて、ふわふわで美味しいです。デザートみたいです」

今日作ったオムレツは、ナイフを入れると半熟の中身がとろっと出てくる。チーズも加えてあるので骨折の回復にもいい――と考えて。

「……今さら気づいてすまないが、左手の具合が良くなったみたいだな。昨日までは動かせない様子だったが」

「あっ……そ、そうなんです。あの、昨日作っていただいたデザートを食べて、その……しばらく寝ちゃったみたいで、その後に気づいたんですが。腕が全然痛くなくて、動かせるようになっていたんです」

セティが服の袖をまくって左手を見せてくれる。包帯を外してみても、骨折していたとは思えないほど腫《は》れもなく、綺麗な状態になっていた。

「あの果物に、そんな効果が……」

「たぶんそうだと思います。食べた後、身体が熱くなって、燃えるみたいで……でも気分は悪くなくて、ふわふわして……」

「ふわふわ……そ、そうか。まあ、傷が治ったのは何よりだ。目の方はどうだ？」

「痛みなどはありませんが、見えにくいです……でもこれは、僕が弱かったからなので」

「そんなことはない、セティは強いよ。自分を卑下《ひげ》することはない」

「いえ、ファレル様の方がずっとお強いです。僕から見たら天の上の方です」

褒《ほ》めてほしいわけではなかったのだが、あまりに真っ直ぐに言われて思わず照れる。

こちらが元気づけるどころか、セティからもらう言葉が何に対しても前向きにさせてくれる
――冒険に対する姿勢が変わっている。

「……少し身体を慣らしたら、依頼を受けてみるか？」

「は、はいっ……僕はファレル様の同行者として……」

「パーティを組んで、正式な仲間として冒険に出るんだぞ」

「っ……」

そういうつもりで話をしていても、何度も言わないと伝わらない――それくらいセティは、自尊心を傷つけられてきてしまった。

だが、ここからでも変えていける。彼にはそれだけの資質がある。

そのために必要なことは、やはり何といっても、良質な食材を摂ることだ。そのためには、俺も多少厳しくしなければならない。

「……野菜も一応食べるんだぞ。まあ、スープだけでもいいが」

「……ちゃんと食べられますよ？」

そう言いつつ付け合わせの野菜をよけていたセティに無理強《じ》いするのは胸が痛み、彼には当面は好きなものを好きなだけという方針に切り替えた。

「んん～……ダメです、このベーコンは……こんなに美味しいなんて反則です」

「まだこのベーコンは『道半ば』だと思ってるんだが？」

「そ、そんな……このベーコンが……!?」

純粋すぎる反応に思わず笑ってしまう。そういう顔が見られるなら、ますます食材探しにも熱が入りそうだ。

それに昨晩の木の実のように、食べることで回復を促進したのかは分からないが、治癒《ちゆ》効果のある食材が発見できる可能性もある。

「このスープも、一晩経《た》つと味が馴染《なじ》んで美味しいです。やっぱり懐かしい感じがします」

「パンに浸《ひた》して食べるってのもアリだぞ」

セティは、そんな方法が——という顔をしている。彼には俺が、美食で人を誘惑してくる悪魔のようにでも見えているのだろうか。

「んっ……んんっ……！」

キツネ色に焼いたパンをスープに浸し、パクッと口に入れたセティは、またもや感激して震えている——本当に、見ていて飽きない。

◆◇◆

朝食を終え、ギルドに行く前に、セティに装備のことについて聞いてみた。

「これは鎧《よろい》……でいいんだよな？　金属の部分はある程度使えると思うが、革の部分が駄目になっている。俺が直すこともできるが、今のところは別の防具を買った方がいいな」

「っ……す、すみません。僕も、この装備はこのままでは使えないと思っていたんですけど、買っていただくなんて……」

「行きつけの武具店があるからな。この剣も破損してるから直してもらうことにして、修理が終わるまでに使うものを買おう。ショートソードかレイピアがいいか？」

「はい、これくらいの長さの剣と、拳につける武器が使えます」

おそらくパーティの前衛で、攻撃を回避しながら立ち回るというのがセティの戦い方だ。

そうすると防具は軽いものが良く、武器も速さを活《い》かせるものがいい。

「まずはどっちを使ってみたい？　拳の武器も持っていくには嵩張《かさば》らないし、両方あってもいいと思うが」

「その、どちらも試してみたいです……というのは……」

「もちろんいいぞ。さあ、出かけるか」

家の戸締まりをして外に出る。庭の菜園には朝のうちに水をやったので、陽《ひ》の光を浴びて葉がきらめいている。

「行ってきます」

門を潜《くぐ》る前に、セティは律儀《りちぎ》に家に向かって頭を下げる。俺も釣られて頭を下げると、彼は楽しそうに笑っていた。


――エルバトス外郭《がいかく》西区　九番街　『冒険者の支度場《したくば》』――

馴染みの武具屋にやってきて中に入ると、ちょうど先客が来ているところだった。

「……失礼」

「ああ、どうも」

短いやり取りだったが、今の女性冒険者は上級パーティに属していて、たまに見かけることがある。実直そうな、武人らしい空気を持つ人物だ。

「ありがとうございましたー、いらっしゃいませー……あ、ファレルさんじゃん。親父呼んでこようか？」

武具店の娘のタニアは、俺を見るなり陽気に声をかけてくれる。

父親の店を手伝ううちに装備の見立ての感覚を磨き、今では彼女に装備を選定してもらうために訪れる者もいるほどだという。さっきの冒険者もおそらくそうだろう。

「今日は俺じゃなくて、彼……セティの装備を見立ててもらいたくてな」

「え……ファレルさん、この子とパーティ組むことにしたの？　それとも指南役《しなん》とか？」

彼女には一人でやっていくというような話をしていたので、意外に思われるのは無理もない。

「縁あって俺の家に住むことになった。冒険者の資質があるから、それを活かしてもらいたくてな」

「……ファレルさん、養子をもらったってこと？」

セティが奴隷から解放されてうちに来たということは、『黎明の宝剣』がエルバトスに滞在しているうちは秘密にしておくべきだ。しかし養子というのは違うし、言葉を濁すしかない──タニアには申し訳ないが。

「ファレル様は、僕の恩人なんです。僕は、ファレル様がいなかったらここには……」

「っ……セ、セティ。それは……」

「へえー……何だか分かんないけど、ファレルさんが悪いことするわけないし、困ってたセティ君を助けたとか、そういうことでしょ」

　おおむね当たっているし、核心には触れていないので、タニアのそういう察しの良さには感謝するところか。

「遅れ馳《ば》せまして、私はタニア。このお店で働いてて、店主はうちの父さん。これからも会うことになると思うからよろしくね」

「よろしくお願いします、タニアさん」

「セティに合う片手剣と、防具を見立ててもらえるか。予算はこれくらいで」

「うん、この予算なら思いのままに選べるよ。ファレルさんはどうする？」

「ある程度時間が経ったらいったん外に出るかもしれないが、すぐに戻る。最初は立ち会わせてもらうよ」

「はーい。じゃあセティ君、こっちの棚に剣があるから握ってみて」

　タニアに薦《すす》められて、セティは幾つかの剣を握る――中でも鋼鉄製のショートソードが気に入ったようだ。

「これがいいと思います」

「それと、拳につける武器も見立ててくれ」

「どっちも使えるんだ、セティ君」

「は、はいっ……では、これを着けてみたいです」

実際にどちらの武器が合っているかは、後で手合わせをして確かめてみることにする。

「じゃあこの籠手《こて》がいいかな。すご、これで殴ったら大変なことになりそう」

「まあ、武器ってそういうもんだけどな」

「あはは……次は防具だね。セティ君は動きやすい防具がいいよね」

「は、はい。これを試してみたいです」

タニアはセティの要望を親身になって聞いてくれている。まるで仲のいい姉弟のようだ——なんてことを考えつつ、俺は店内の武器を見ていた。

4　街の喧騒

セティが防具を試着するため、店の奥に入っていく。尻尾のことを考慮しなければいけないが、まず試しに着けてみてどうなるかだ。

「おお、ファレルさん。あんたがここにいるってことは、今娘と一緒にいるのはあんたの仲間か？」

髭面《ひげづら》の筋肉質な男が奥から出てくる。彼がタニアの父親で、武具職人のスレイだ。

彼は身体中傷だらけなのだが、それは若い頃冒険者をしていた際に、魔獣との戦いで死にかけたことがあったかららしい。家庭を持ってからはすっぱりと辞《や》めてしまったそうだが。

「ああ、できれば今日にでも彼と一緒に依頼を受けてみるつもりだ」

「そいつはいいことだ、あんたみたいな強《つえ》ぇ奴でも一人じゃ危ねえからな」

スレイは笑って、ふと神妙な顔をする――見ているのは、俺が背負っている剣だ。

「ちょっと見せてもらっていいか？　どうやら荒事があったみてえだな」

「ああ、深層で少し魔物とやり合った。竜牙兵って奴か」

「おいおい、並の剣じゃ一発で刃毀《はこぼ》れする奴じゃねえか。まったく、中級冒険者のやることじゃない」

武器の扱いに関してはスレイは厳格だ――背負っていた剣を渡すと、顎《あご》に手を当てて刃を確かめ、そして長く息をつく。

「フゥ……まあこれくらいならちょっと調整するだけで済む。それとも、これは修理しておくからあんたに預けてもらってる『あれ』を使うか？」

「いや、この剣で問題ない。『あれ』は当面、ここで預かっていてもらいたい。修理に使える素材が見つかるまでは」

「……そうか。俺はやっぱり壊れちゃいねえと思うが、あんたがそう言うならそうなんだろうな。それでファレルさん、あんたの相棒ってのはどんな奴なんだい」

「まあ……俺みたいなおっさんと一緒にいるのが妙に思われるくらい、かなり若いが。素質はあるし、かなり強い……剣士というか、近接系というか」

俺もまだセティの戦い方全てを見せてもらっているわけではないので、実際目にしたらまた見方が変わるかもしれない。

「あんたが組むと決めたんなら、それはあんたがやってる無茶に付き合えるくらいの奴なんだろうな。そういう仲間が見つかって良かった。歳なんざ関係ねえよ、うちの娘だってまだ二十《はたち》前だが立派にやっている」

「それをタニアに直接言ってやれば、頑固親父呼ばわりはされないんだろうがな」

スレイは苦笑いをして、俺の剣を持っていく。調整程度で済むという話なので、あと少し時間を潰《つぶ》してくれれば、セティの防具選びも終わっているだろう。


『冒険者の支度場』——そう呼ばれている街でなら、出くわすこともあるかもしれないとは思ったが。

「おいおい、俺はここに置いてあるってちゃんと聞いてきたんだぜ？　嘘は駄目だろ」

「そ、そう言われましても……あの剣は、私どもの家の宝で……ぐぅっ……！」

「ああ、白《しら》けちまうなぁ。いい武器を売るのがお前らの仕事だろうが。こんな大層な看板出してんじゃねえよ……！」

「やめてください、それは私たちの店の大事な……っ」

ここまでくるとただのチンピラだ——ガディという男が剣に手をかけ、武器屋の看板を壊そうとしている。

「――その辺にしておけよ」

「おぉっ……!?」

剣を振りかぶろうとしたガディの膝裏《ひざうら》を蹴り、バランスを崩させる。並の者なら転倒するところを、ガディは筋力に任せて耐え、こちらに振り返りざまに拳を繰り出してくる。

「てめぇっ……!」

パン、と乾いた音が響く。繰り出された拳を払い、がら空《あ》きになった首に向けて、布にくるんだ拳を突き出す。

「ぐっ……お、おいおい……その動きはなんだよ、曲芸野郎……」

「店にも事情ってものがある。あまり無理を言うのは良くないんじゃないか?」

「……チッ」

ガディが引き、肩を竦《すく》める。人も集まってきているし、ここでやり合っても益はないと感じたのだろう。

「ちょっと、何してるのよ……時間に遅れるとジュノスに切られるわよ」

「なあロザリナ、俺とこいつ、どっちが強く見える?」

「何言ってんの……あっ……またあんたなの?」

ロザリナは俺を見るなり眉を顰《ひそ》める。そしてその目が、布をかけたほうの俺の拳に向いた。

「ふーん……どんな仕掛けを使ってオルガディンを出し抜いたんだ?」

「ん？　ああいや、これはただの食事用のフォークだが」

布を外すと、そこから出てきたのは言葉通りにフォーク——それを見て、ガディの顔が真っ赤に染まっていく。

「こ、殺す……舐《な》めやがってこいつ……っ！」

「はいはい、時間がないって言ってるでしょ」

「黙ってろロザリナ、俺はこいつを……っ、ほがっ……！」

変な声を出してガディがその場に倒れる——ロザリナが嘆息《たんそく》する。どうやら、魔法を使って眠らせたようだ。

「度胸がある人は嫌いじゃないけど。あまり挑発しない方がいいよ？　迷宮で会った時のことを考えたらね」

「覚えておくよ。あんたは俺に仕掛けてはこないんだな」

「……中級のくせに調子に乗ってる？　分かった、私も今度見かけたらガディの方に乗ることにする。そっちの方が楽しそう」

脅《おど》し文句のような言葉を残して、ロザリナは魔法でガディの身体を浮かせ、立ち去っていく。

——そして、周囲から歓声が上がった。

「うぉぉ、何だか分かんねえがあの兄さんすげえぞ！　特級を黙らせちまった！」

「エルバトスの冒険者を舐めんなよ！」

「俺たちのファレルがやってくれたぞ！　今日は昼から飲まずにはいられねえ！」

後のことを考えると、あまり騒いではほしくはないのだが——と思っていると。

「ありがとうございます、うちの看板を守っていただいて……」

「ああいや、気にしないでくれ。それより済まないな、あんなやり方しかできなくて」

「いいえ、あなたがいなかったら酷《ひど》いことになっていました……また後日、ぜひお礼をさせてください」

ガディが今のようなことを他の店でもやらない保証がない以上は、根本的な解決になっていないが——ひとまず分かったのは、特級パーティのメンバーといっても俺から見ると途方もない強者ではないということ。

あれなら騎士団にいる俺の教え子の方がよほど腕が立つ——と、そんなことを考えつつ、元の賑《にぎ》わいを取り戻した街を歩き、時間を潰した。


スレイの店に戻ってくると、ちょうどセティたちが店の奥から出てくるところだった。

「お待たせ、ファレルさん。どう？　ハードレザーアーマーにしてみたんだけど」

「……いかがでしょうか？」

セティが俺の前に出てきてくるりと回り、装備を見せてくれる。

「おお、かなり似合ってるな。髪は冒険に行くときは結んでおくのか？」

「角に合わせた兜《かぶと》は置いてないから特注で作るか、あとは帽子とかバンダナとかもあるよ」

髪を後ろで結び、バンダナをつける——凛々《りり》しいというか、何というか。

「あ、セティ君によく似合ってる。可愛い」

「えっ……か、可愛い、ですか？」

「うん、後ろから見たら女の子にしか見えないっていうか……あっ、ごめんなさい、私また余計なことを……」

「似合ってるのなら何よりじゃないか。頭用の防具は悩むとこだよな、胞子避けのゴーグルとかもあるけど。今日はバンダナにしておくか？」

「はい、これがいいです。ありがとうございます、ファレル様」

ショートソードと戦闘用の籠手、防具一式と——包帯と、コルセット。これはたぶん、まだ怪我《けが》が治ったばかりということで患部を固定するものが必要なのだろう。

「セティ君、上の鎧を外すときはファレルさんに頼んでね。包帯とコルセットも本当は人につけてもらった方がいいんだけど……」

「いいえ、自分でつけられますので大丈夫です。ファレル様にお手数はかけません」

「まあ困ったらいつでも言ってくれればいい。包帯も自分で巻けるんだな……でも、ほとんど怪我は治ってないか？」

「っ……す、すみません、まだ少し気になるところがあって。でも大丈夫です、身体は元気ですから」

やせ我慢しているかは見れば分かるので、別にそういうわけでもないようだ。気分的な問題というのもあるだろう。

「ちょっとお勉強させていただきまして、お会計はこちらになります」

「ファレルさん、剣の調整も終わったぞ。二人とも気をつけてな」

「はいっ……ありがとうございました、スレイさん、タニアさん」

「おう、また来いよ」

二人に見送られて店を後にする。次はギルドだ――セティの足取りも弾《はず》んでいる。

「……？　ファレル様、なんだか見られてませんか？」

さっき騒ぎがあったので、俺が注目されている――というわけではない。見られているのはセティの方だ。

「お、おい……ファレルと一緒にいるのって一体誰だ？」

「あいつが誰かと組むなんて、どういう風の吹き回しだ……？」

「……あれって……い、いや男か……装備が男用だしな」

特に悪いことを言われているわけではないようだが――と思っていると、徐々にセティの歩くスピードが速くなっていく。

「お、おい、方向は合ってるが、そんなに急がなくても……」

「す、すみません、ちょっと走りたい気分なので……っ！」

ほぼ逃げているような速さになったセティを追いかける。見られているので恥ずかしいということなら、そこは慮《おもんぱか》ってやるしかなさそうだ。

5　初めての依頼

『天駆《あまか》ける翼馬亭《よくばてい》』に着くまでに、セティがあまりに注目を集めてしまうので、フード付きの外套《クローク》を買った。

「これなら落ち着いて歩けるだろ」

「ありがとうございます、ファレル様。やっぱり僕が竜人なので、人に見られたりするんでしょうか……」

「セティに華があるからじゃないか」

「っ……そ、そんなことは……ファレル様は、そう思っていらっしゃるんですか？」

「ま、まあ……適当なことを言ってるわけじゃないが。そんなに圧をかけないでくれ」

基本的には遠慮がちなセティだが、気になって仕方ないという感じでこっちを見てくる——見目麗《うるわ》しい冒険者は当然目を惹《ひ》くものだが、セティにはそういった自覚はないようだ。

「……僕はファレル様だけが気づいてくださっていたら、他の人たちにとっては空気みたいなものでいいです」

「外套《クローク》があれば見られにくくなるか。その方が落ち着くなら、外出する時は着るといい」

「は、はい。でも、外に出る時は……お使いくらいはもちろんできますが、できれば……」

「そうだな、慣れるまでは一緒に行動するか」

セティの頭にぽんと手を置く。ちょっと子供扱いが過ぎるだろうか——と思ったが、セティは頭に手を乗せられたままで固まっている。

「仲がいいわね、あの二人」

「お兄さんと、弟……？　歳の離れた兄弟で冒険者って珍しいわね」

街の女性の噂話が耳に届くと、セティはハッとしたように頭に手をやる。

「……ファレル様は、ああいうふうに言われるのは、平気ですか？」

「兄弟っていうには似てないから、セティがどう思うかが気になるな」

「ぼ、僕は……嬉《と》しい気もしますし……いえ、嬉しいです。これは本当です」

それから取り留めもない話をしつつ、ギルドに向かう途中。セティは常に少し後ろからついてくる。

歩調を緩《ゆる》めて隣に並ぶと、セティは慌てて後ろに付こうとするが——俺が手招きをすると、観念したように横に並んできた。

「馬車が通る側は危ないからな、建物寄りを歩くといい」

「……ファレル様は、お優しいです」

「気をつけるに越したことはないからな……ん？　どうした」

「い、いえっ……その、ファレル様の手は大きいなと思って」

手をじっと見られていることは分かっていたが、セティはそれ以上何も言わないまま、時折様子を窺《うかが》うと俺を見返して微笑んだ。

セティを連れて『天駆ける翼馬亭』に入り、イレーヌに頼んで別室に案内してもらった。

外套を脱いだセティの姿を見て、イレーヌは言葉を失う。

「ファレルさん、この方が……」

「ああ。エドガーの病院で治療を受けて、ここまで良くなった……それでいろいろ考えたんだが、彼と一緒にパーティを組もうと思う」

「僕はセティといいます。精一杯頑張りますので、どうかよろしくお願いします」

イレーヌはじっとセティを見ている。そして手巾《ハンカチ》で目元を押さえた後、にっこりと笑った。

「本当に良かった……こんなに元気になられたのですね。まるで奇跡のよう……」

「回復力があるっていうのもあるが、いろんなことが重なった。俺もセティをこうして連れてこられたことを、得難《えがた》いことだと感じてる。ありがとう」

「そ、そんな……私は何もしておりません。『黎明の宝剣』の方々の行動に不審を覚えたといっても、私自身の力では何もできなかったのですから」

セティには、あの日の経緯《いきさつ》をまだ全て話してはいなかった。セティが深層に取り残されている可能性に気づいたのがイレーヌであること、それを俺に相談したことを話すと、セティの頬に涙が伝う。

「あなたがしてくれたことに、どれだけ感謝してもし尽くせない……僕はあの日、あの場所で死ぬはずでした。それがファレル様と出会って、こうして一緒に冒険に出ようと言ってもらえて……本当に、信じられないくらいのことばかりで……」

　イレーヌは席を立ち、セティの肩に手を置く。その姿に、改めて感謝の念が湧く。

「……セティが生きていることを『黎明の宝剣』が知れば、おそらくまたろくでもないことを考える。それは絶対にさせない」

「はい、こちらでも極秘とします。ギルドにセティさんのお名前で登録することは問題ありませんか？」

「僕の名前を彼らは知りません。ずっと、番号で呼ばれていたので」

「……そういったことが本当にあるのですね。まだ、この王国は……」

　王国の悪《あ》しき制度――そういったことを口にできないのは仕方がない。ギルドは王国に公認された組織であるため、体制に対して大っぴらに反発を表明することは避けるべきだ。

　それでも、思うところはある。とっくに聖騎士団を抜けた人間が口を挟むことではない、そう分かってはいるが、なぜ『黎明の宝剣』が戦闘奴隷を使役《しえき》できる立場にあったのか、その経《けい》緯《い》には疑問がある。

「……セティさんは初級冒険者から始めていただくことになりますが、ファレルさんと一緒に中級昇格条件となる依頼を達成した場合は、その時点で中級の認可を受けられます」

「えっ……ぼ、僕が、ファレル様と同じに……？」

「ああ、もちろんそうなるな。セティならもっと上も狙える」

「ファレルさんも、これを機に昇格試験を受けられてはいかがですか？」

ここぞとばかりにイレーヌが勧《すす》めてくる——イレーヌの前任者の頃から言われているので、今さらといえば今さらなのだが。

「それも考える。セティにとって一番いい形を選びたい」

「僕はファレル様とご一緒できるなら、どの級でも大丈夫です。頑張りますっ！」

「ファレルさんは自分は枯れているなんておっしゃるんですけど、全然そんなことないと思います。セティさんとご一緒することで、お気持ちが変わられることもあるんじゃないですか？」

「っ……なんだ、今日は厳しいところを攻めてくるな。分かった、降参だ。その話はまた今度にさせてくれ」

「ふふっ……分かりました。では、どうされますか？　今日早速ご依頼を受けられますか、装備も整えられているようですし」

「ああ、そのつもりだ。一層の仕事を紹介してもらいたい」

イレーヌは依頼帳を持ってくると、パラパラとめくっていく——そして。

「では、一層東側の森で薬草を採《と》ってくるお仕事はいかがでしょうか」

「よし、じゃあそれで行くか」

大迷宮での依頼は魔物と遭遇する前提なので、戦闘が起こらない依頼はまずない。

「そちらの方面での依頼が幾つかございますので、それらも同時に遂行《すいこう》していただくということも可能です」

「依頼札を渡しておいてくれれば、それを見てまとめてこなすことも検討するよ」

「かしこまりました」

依頼札とは覚書《おぼえがき》の役割も果たす、冒険者が成すべきことを記した札である。

依頼主と対面して正式な契約を結ぶこともあれば、依頼札をもらって記載された条件を達成すれば報酬が支払われるという形もある。要はどのパーティに頼むか指定されない仕事ということだ。

「それでは、ご武運をお祈りしています。冒険者に祝福があらんことを」

セティはイレーヌから初級冒険者の徽章を受け取る――銅製のものだが、すぐに俺のものと同じ鋼鉄の徽章に変わるだろう。

面談を終えて部屋の外に出る。グレッグたちは今日は姿が見えないが、大迷宮に入っているのだろうか。

「いい匂いがします……それに、これって、お酒……？　の匂いでしょうか」

「昼から飲んでる奴もいるからな。この酒場で食料も売ってるが、俺たちは持ち込みだから問題ない」

朝作ってきたものが収納具《ザック》に入っている。迷宮内での食事は簡易なものになりがちだが、携帯食料や固いパンをかじるだけでは味気ない。

「……す、すみません、ご飯が楽しみだなと思ってしまって」

すでにお腹《なか》が空《す》いてきたのか――食べ盛りの仲間を持つと、食事の準備もやり甲斐があっていい。

俺たちは西門前で鳥竜《バドロス》を借り、ヴェルデ大迷宮まで移動する。

竜人であるセティはどうやら竜種に好かれるらしい。俺が一人で乗るよりも、セティと二人で乗る方が鳥竜の足が速かった――グラに会わせたらどうなるのかと少し気になったので、依頼に取りかかる前に『祈りの崖』に足を向けてみることにした。

6　翼竜と竜人

『祈りの崖』にやってくると、セティは怖がらずに崖の端まで行き、そこからの景色を一望する――といっても、下方向の宙空は胞子で曇っているのだが。

「この下から、ファレル様と一緒に上がってきたんですね……」

「ああ。あの時のことを覚えてるのか？」

「はい、意識が朧《おぼろ》げだったので、本当に薄っすらとですが。ファレル様がご自分の身体に、僕のことを縛りつけてくれていたのを覚えています」

「もし落としでもしたら元も子もないからな。あの時世話になった翼竜を呼んでみていいか？」

「っ……今、あの竜と会《かた》えるんですか？　嬉しいです……！」

セティの承諾《しょうだく》を得て笛を吹く――すると、間もなくグラが上空まで飛んできて、羽ばたきながら高度を下げる。

「ファレル様とあなたのおかげで、僕はこうして生きています。ありがとうございます」

「……ガルッ」

「まあそういう話よりも、グラに対する礼ならこれが一番だ」

マルーンキングの尻尾肉——これで在庫切れなのでまた獲《と》りに行かなければならないが、セティからグラにお礼として与えてもらう。

セティは肉を包んでいる紙を剝《は》がし、両手で捧《ささ》げ持つようにする。グラは俺の方を窺ってから、セティの手を噛まないように肉だけを食べる。

「っ……くすぐったいです。僕の手は美味しくないですよ？」

肉の味がついてしまったのかは知らないが、グラはセティの手を舐めている。そんな姿を見るのは初めてで、驚くと同時に感心してしまった。

「驚いたな……俺ですらそんなことはされないぞ。グラ、セティが気に入ったのか？」

「ガルゥ」

「あっ……今、グラさんが何をおっしゃっているのか分かりました」

「それって……セティ、竜の言葉が分かるってことか？」

俺には喉を鳴らしているくらいにしか聞こえないが、セティにとってはそうではないらしい。

彼はグラの声に耳を傾け、そして少し顔を赤くして言う。

「ええと……『私の友はいつも一人だが、仲間と来たので驚いた』と……」

「っ……そんなこと考えてたのか？」

「それと……グラさんは身体が成長する時期なので、ファレル様が持ってきてくれたお肉で順調に大きくなれているとのことです」

「確かに、最初に会った頃よりはデカくなったな」

「グルルッ」

「グラ、お前のおかげで今までかなり助けられたし、今後も何か困ったことがあったら言ってくれ。セティ、伝えられるか？」

「ファレル様の言っていることはだいたい分かるそうです。群れの仲間がいるので心配するなとおっしゃっています」

他のグライドアームがこちらに近寄ってきたことはない――グラの力を借りられるようになるまでいろいろ生態を観察したのだが、俺は翼竜のことを何も知らなかった。

そして今回は、グラを遠くから見守るように、何体かのグライドアームが姿を見せている。

「……そうだ、グラ。この前ここから降下した際、途中で大樹の上に寄っただろ。あの時に見つけてくれた葉と実なんだが、他に採れる場所はあるか？」

「グルルッ、グルッ」

「『あれは竜たちが傷などの回復を速めるために食べるもので、おそらく人《ヒト》にも効果がある』とのことです」

「なるほど……」

翼竜が好むものは、竜人にとっても効果がある。そして俺にも――だが、昨晩現れた効果は回復というより、違うものだったような気もする。

「ガルルッ」

「『また必要であれば探しておく』とおっしゃっています」

「ああ、ぜひ頼む。無理はしなくてもいいからな。仲間にもよろしく伝えてくれ」

グラは頷くような仕草を見せ、セティの方に目を向ける。

「僕に何か……は、はいっ、それはその、一生懸命頑張りたいと思っています」

「ガルッ」

「何の話をしてるんだ……って、行くのか」

グラが崖の方を向き、地面を蹴って飛ぶ——翼を広げて滑空を始めると、仲間たちも集まってきて、そのうちに姿が見えなくなった。

「セティ、ありがとう。グラがあんなことを考えていたなんてな」

「ファレル様はお強いので、頑張ってついていくようにとおっしゃっていました」

「そういうことか。なんというか、俺よりグラの方が大人びてるな」

「グラさんは二十歳くらいなので、成竜になるまではまだまだ時間がかかります」

そんなことまで今のやり取りで分かるのか——もはや感心するしかない。

「……よし、挨拶も済んだし、依頼をこなしに行くか」

「はい……凄い、こんなに詳しい地図を作られているんですね。『黎明の宝剣』の人たちが買っていた地図は、下層に降りる道が書いてあっただけでした」

「彼らの目的を考えれば、まあそうだろうな。一層に用がない連中は他のものには興味を示さない。だが、各層に面白い場所は山ほどあるんだ……一層ずつ隈《くま》なく見て回ったら、それだけで何年も過ぎるけどな」

「ファレル様もそうしてきたのなら、僕も同じものを見てみたいです」

「ああ、一つずつ案内していこうか」

◆◇◆

――ヴェルデ大迷宮　一層東部　『妖霧《ようむ》の森』――

大迷宮一層と外界との違いは、大迷宮内には特異な環境の地形が存在するということだ。

「この森は初級冒険者がよく依頼で足を運ぶが、気をつけなければいけないことがある。霧《きり》が出ると何が起こるか分からないから、もし発生したら近くの樹洞《じゅどう》に入ってやり過ごす。それさえ守れば危険はない」

「はい、分かりました。この辺りは人が入ることも多いみたいで、道ができていますね」

セティはやはり怖がることなく進んでいく。もし何か起きそうなら警戒するように声をかけなければ――と思ったその時。

「――うぉぉぉぉ!?」

前方から男の声が聞こえる――急いで駆けつけてみると、蔦《つた》のようなものに足を搦《から》め捕《と》られ、木の上から宙吊りになっている若者がいた。

「なんだこりゃっ……魔物の襲撃か⁉」

「こいつは罠だ、魔物が罠を……くそっ、この蔦、固くて切れねえ！」

「うぁぁあっ、足がっ、足が締めつけられる……っ！」

若い男性冒険者三人のパーティが、すでに総崩れになっている——あれは魔物ではなく、ただの植物が仕掛ける罠だ。

「ファレル様、あの人たちを助けます！」

「セティ、その蔦は剣じゃなく、炎を使わないと——」

「——すぅぅ……！」

セティは大きく息を吸い込む——そして次の瞬間、口から火を噴いた。

竜の特性である『吐息《ブレス》』。竜人であるセティにもそれが可能だとは知らずに驚くが、火球が蔦を焼き切るさまを見て、落ちてくる男を走って受け止めた。

「——せやぁぁあっ‼」

火球の精度は非常に高く、延焼しないように考慮されている。セティは蔦の罠を張った食人植物を見つけ、ショートソードを閃《ひらめ》かせた。

「お見事……！」

思わず感嘆《かんたん》する。分かってはいたが、凄《すさ》まじい身のこなしだ。食人植物は地面から養分を吸うための茎を全て切られて動かなくなる。

「た、助けてくれたのか……」

「大丈夫か？　こういうことがあるから、火の類《たぐい》は用意しておいた方がいい」

「……あ、あんたのことを……兄貴と呼んでもいいか？」

「駄目だ。助けてやれるのは今回だけだからな」

多少突き放すような言い方ではあるが、弟分を作りたいわけではない。

「あ、ありがとうございます……！」

「なんて動きだ、あの人も。剣が全く見えなかった」

「この辺りはちょっとクセがあるから、慣れるまでは『平原』に行った方がいい。それとも、何か依頼を受けてきたのか？」

「は、はい、薬草探しを……さっき薬草を採ろうとしたら、いきなり蔦に足を取られて」

「あれくらいの罠に引っかかるようなら、街で盗賊《シーフ》を仲間に加えた方がいいぞ」

このまま放っておくとまた窮地《きゅうち》に陥《おちい》りそうなので、最低限のレクチャーをする。三人は納得したらしく、いったん街まで引き上げていった。

「罠……ですか？　ファレル様、僕にはそうは見えませんでしたが」

「それはセティが強いからだな。吐息《ブレス》の狙いも正確で見事だった」

「あ、ありがとうございます……かなり抑えて撃ちましたが、狙い通りにいきました」

朗《ほが》らかに笑うセティ――回復したばかりで、そして片目だけで見ているのに、それでも細い蔦を狙って切れるのは大したものだ。

「俺が何もする必要がないってのは、嬉しい驚きだな」

「ファレル様は、落ちそうになった方を受け止めてくださいました。僕はそこまで考えられていなくて……」

「まあ、いきなり怪我して躓《つまず》くってのも辛《つら》いだろうしな……何か楽しそうだな？」

「やっぱりファレル様は優しいです」

何かこそばゆくなってきて、セティの頭をぽんと撫でた後、目的の薬草を探し始める。

さっきの若い冒険者は食人植物の罠に運悪く引っかかってしまったが、罠を避けられれば薬草自体はいずれ見つかる——光に当たらなくても育つ植物で、木陰などに生えている。

「ファレル様、十本集まりましたっ！」

「なにっ、俺はまだ五本なんだが」

俺が冒険者として初めて正式にパーティを組んだ相棒は、称賛の言葉がそのうち足りなくなると思えるほどに優秀だった。

第四章　迷宮の気候と新たな出会い

1　妖霧

　薬草の採取を終えてもまだ時間がある。今日は野営をする予定はないので夕暮れには街に戻るつもりだが、残った依頼札の内容もこなせそうだ。

「セティ、疲れてないか？」

「はい、元気です。思う通りに身体を動かせている感じで、どんどん調子が良くなってます」

「そうか……拘束具をつけられている時は、動きに制限があったってことか？」

「魔力も全部は使えませんでしたし、考えていることに縛りがあるというか、そういう感じが常にしていました」

　セティの強さを十分発揮することもさせなかった——それは、服従させなければ自分たちに刃向かってくると恐れていたからか。

「……ガディの方……オルガディンというらしいが、あいつは手練《てだ》れといっても与《くみ》し易い相手だった。あのパーティじゃ、ジュノスが一つ抜けているのか」

「そうだと思います。あの人たちは、彼の機嫌を損《そこ》ねるようなことは徹底して避けていました」

「それだけの力があって、あんなやり方を選んだ。その理由は……」

「『古き竜の巣』……あの場所を封じている扉を開けるために、彼らは僕を連れていった。僕は、竜の墓に立ち入るべきでない人たちを入れてしまったんです」

悔いるように、セティは胸に当てた手を握りしめる。『黎明《れいめい》の宝剣』の目的は何なのか、その一端が見えてきた。

「彼らは、王家に連なる人物の依頼を受けてここに来ました。ヴェルデ大迷宮に竜の巣があり、そこにある何かを取ってくる……それが、仕事の内容だったんだと思います」

「セティは、彼らが何を持ち出したのかを見たか？」

「はい、あれは剣でした。他の財宝には目もくれず、剣だけを持っていったと思います……僕も魔法をかけられて意識が飛んでしまったので、正確なことは分かりませんが」

「……剣、か」

「財宝を持っていかなかったのは、『墓守り』の魔物に目をつけられるからです。剣を持っていくだけなら、彼らの敵意は僕に向くだけだった」

ということは、『古き竜の巣』には財宝がそのまま残っている。

見張りのようなことをしていた女性――おそらく『迷宮の民《たみ》』である彼女がいれば、簡単に盗掘者の侵入を許すことはなさそうだが。『黎明の宝剣』が宝を目当てにもう一度竜の巣に入るという可能性はなくはない。

「……ないと思いたいが、それを裏切ってくるような連中でもあるからな」

「ジュノスたちが、もう一度『古き竜の巣』に向かうのでは……ということですね。できるなら、もう彼らに竜の眠りを妨《さまた》げることはしてほしくありません」

「もう一度五層に降りてみるか。いや、あいつらもすぐに迷宮に入ることはないか……？」

「はい、おそらくは。この大迷宮は、深層から瘴気《しょうき》が凄《すご》く濃くなりますよね？」

「そうか、瘴気抜きか」

「ロザリナという上位魔法士《ハイソーサラー》の人は、仲間が瘴気に冒《おか》されても吸収できる力を持っています。でも、彼女はそれをしたがらないので、他の方法で浄化しなければならないはずです」

上位魔法士――エルバトスではロザリナ以外に現在一名しかいない、魔法士の上級職。

特権意識を持ってもおかしくはないが、上位魔法士になるためには品性も問われるはずである――ロザリナがどんな経緯《けいい》で冒険者になったか、微妙に想像ができてしまった。

「それでガディも好戦的になってたわけか……」

「いえ、ガディという人はいつも喧嘩ばかりしています。その、女の人にも遠慮がないというか、それでトラブルもあったりして……」

「人それぞれ傾向は違うが、体内の瘴気が増えると一時的に性格が変わったりするんだ。俺は瘴気には強いけどな……それでも、深層に行くならマスクは必要だ」

「僕も途中までは大丈夫でしたが、深層からは影響を感じました。この大迷宮は、他の迷宮とは何かが違っています」

まだ未知の部分が多いからこそ、この大迷宮を探索するために冒険者が集まっている。『古き竜の巣』以外にも、持ち帰れそうな財宝が存在するかもしれない――人が集まる理由というのは単純だ。

「一層の瘴気はマスクが必要ないくらいだが、半日以上探索する場合は用意した方がいい」

「分かりました、そろそろだなと思ったらマスクを着けます」

セティの分のマスクを渡し、探索を再開する。次にこなせそうな内容の依頼札は――とめくっているうちに、警戒していた霧《きり》が出てきた。

「セティ、近くの樹洞《じゅどう》に入るぞ」

「はい、ファレル様」

薬草を探しているうちに森の奥まで入ってきてしまった――次に霧が晴れたら、森以外の地形の場所に出た方が良さそうだ。

「――ッ、――!!」

その時、声が聞こえてくる。男の叫び声――さっきの若い冒険者とは違う、覚えのある声だ。

「ファレル様、今、何か……」

事態は切迫している――霧が晴れるまで待っていたら、手遅れになる可能性がある。

「おそらく、俺の知り合い……今の声は、グレッグだ」

「っ……霧の中で、何かが起きているということですか？」

「霧はやり過ごすのが基本だが、そうできない場合がある。『あいつ』がまた湧いてきてたみたいだな」

「……ファレル様、僕なら大丈夫です。いつでも準備はできています」

霧は危険だと話していたのに、俺はそれを無視して動こうとしている——それでも、セティはついてきてくれるという。

「ありがとう。セティなら大丈夫とは思うが、霧の中で魔物の奇襲があったら……」

「はい、対処します。戦いになったら、どう動くかご指示ください」

「……一つ伝えておくことがある。ちょっと耳を貸してもらっていいか」

「は、はいっ……」

俺はセティにあることを耳打ちする——グレッグたちを襲ったのが『あいつ』であれば、これが一つの保険になる。


グレッグの声が聞こえた方向に走っていく——すると。

「ぐぁっ……！」

斬撃を受け、グレッグが倒れる——短剣を携《たずさ》え、その前に立っているのは。

「クリム……！」

こちらに顔を向けたクリムは、いつもと変わらないような笑みを向けてくる。

いつも身に着けているレザーアーマーが切り裂かれ、肌が露《あら》わになっている——本物のクリムが、そのことに構わないわけがない。

『ファレルさん、もしかして助けに来てくれたんですか？　すみません、こんなところで手間取っちゃって』

「──ファレル様っ！」

話しながら、クリムは短剣を繰り出してくる──俺は手甲《てっこう》でそれを受け流し、伸び切ったクリムの腕を極《き》める。

『えー、ちょっと強すぎません？　酷《ひど》いですよファレルさん、女の子に手荒なことして』

「──セティ、来るぞ！」

叫んだ瞬間、クリムの姿が文字通り霧散《むさん》する。

セティの姿も声も聞こえなくなる──妖霧《ようむ》の森、その名の由来となった魔物。俺たちはその領域に足を踏み入れたのだ。

『ファレル……こんなところに……っ』

「っ……！」

いきなり背後の霧が実体化し、グレッグの姿を取って襲いかかってくる──反射的に斬ることもできず、振り下ろされた剣をかわして打撃を打ち込む。

「オォ……オ……」

グレッグの姿が霧散する。初めて遭遇した時は、逆の意味で感心させられた──この魔物の趣味の悪さに。

『まったく、お前さんが一人で迷宮に潜《もぐ》るたびに……』

次に現れたのはオルセン——ロッドを振りかぶって叩きつけてくるが、これも偽者《にせもの》だ。

「——おぉおっ！」

大剣を抜き放ち、ロッドごと叩き切る——オルセンの偽者がかき消える。

この霧の中では、周囲にいる人間に擬態した幻影が作り出される。倒し続ければいつか妖霧を維持できなくなる——しかし。

「『ファレル様、僕です……っ！』」

同時に『二人のセティ』が現れる。全く同じ姿、そして声——惑《まど》わされまいとしても、判別できるものではない。

「『こっちが偽者です……真似をしないでくださいっ』」

二人のセティがショートソードで戦っている——助太刀《すけだち》をすれば一刀で斬れる、だがどちらを選ぶのか。

「『ファレル様、こっちが本当の……っ』」

「——本物のセティなら逃げずに俺の剣を防いでみろ！」

『っ……！』

一方のセティが剣を引いて後ろに飛ぶ。もう一方のセティは逃げ出さない。

「——うぉおおっ！」

踏み込みとともに大剣を振り下ろす。剣を引いた方のセティは魔力を帯びた気合いの一声で動きを止める。

振り下ろした大剣が剣風《けんぷう》を放ち、セティ——偽者の方だ——は吹き飛ばされ、かき消えた。

この魔物は人間の動きをほぼ完璧に模倣するが、一つだけできないものがある。自分の身を危険に及ぼす行動に出られないということである。

魔物を倒しても一息つくというわけにはいかない。周囲に倒れているグレッグたちを見つけ、傷の具合を見る——幻影と同じように鎧《よろい》が壊れていたクリムは、セティが介抱する。

「う……お、おぉ……ファレル……」

「意識はあるか、良かった。お前たちほどの実力者が、一体何があった？」

「ここ最近は出なかった……霧の魔物が、出て……俺のミスだ……」

「やはりそういうことか……災難だったな」

グレッグは力なく笑う。クリムとオルセンも無事だ——オルセンはクリムに回復魔法をかけ始めている。

気を抜くと一層でもこういうことがあるのが大迷宮の怖さだ。俺はグレッグが気を失わないように声をかけながら、オルセンの回復魔法を待った。

2　霧蜂の巣

一度魔物を倒してしまえば、しばらく霧が発生することはないと言われている——しかし他にも魔物はいるので、俺とセティはグレッグたちの治療が終わるまで、周囲に気を配っていた。

「あ、あの……おかげさまで回復しました」

　クリムはセティの外套《クローク》をかけられている——レザーアーマーがあんな破損のし方をするということは、幻影の攻撃にそれだけの威力があるということだ。

「いや、面目ない。『霧蜂《きりばち》の巣』を採《と》ってくるって依頼を受けてたんだが、霧が出た時に分散して樹洞に入っちまってな」

「外から悲鳴のような声が聞こえて、いても立ってもいられず外に出てしまった。まったく精神の修養が足りておらぬ……」

「私も声が聞こえたので外に出ちゃったんです。それが魔物の罠《わな》なんですね……話に聞いてはいましたけど、想像以上に厄介でした」

「まあ、無事で良かった。全滅して教会で蘇生なんてことになったら、一気に蓄えを持っていかれるだろ」

「うむ……自分の宗派の教会ではあるが、蘇生に必要な布施《ふせ》は高額だ」

　オルセンは苦い顔をして、蓄えた髭《ひげ》を撫でつける。グレッグも笑ってはいるが、少々げっそりした様子だ。

「今日はどうする？　その霧蜂の巣とやらを採りに行くのに付き合おうか」

「っ……い、いいのか？　そこの少年……うん……？」

「は、はい、僕はセティといいます。僕にも協力できることがあったら最善を尽くします」

「お、おう……」

　グレッグはなぜか妙な表情だ――セティの容姿が整っているので驚いたのか、それともまだ見えにくい片目を覆《おお》っていることが気になったのだろうか。

「……ああいや、何でもない。命の恩人に向かってあらぬことを言いそうになっちまった。フアレル、俺を思い切り殴ってくれ」

「冗談はよさぬかグレッグ、拾った命を捨てるつもりか」

「あはは……え、えっと。セティ君、介抱してくれてありがとう」

「はい、どういたしまして」

　考えてみれば、セティはまだ少年とはいえ、クリムの介抱を任せたときにいろいろ見てしまっている――それはどうなのだろうか。

「クリムさんの肌には傷一つ残っていませんでした。包帯を巻いておきましたが、それは念のためです」

「オルセンおじいに回復してもらう前にそうしてもらえて良かった。変なもの見せちゃうのは申し訳ないし」

「儂《わし》はクリムが子供の頃から見ておるからな、今さらそんなことは気にもせん」

「そうなんだよ、このパーティにおいて俺はオマケみたいなもんなんだ。祖父《じい》さんと孫、そしてフリーの用心棒ってとこさ」

　酒場で酔ったグレッグからエルバトスに来る前の話を聞いたことがあるが、傭兵《ようへい》団に所属していたという話は興味深かった。

「その用心棒があまり強くもないというのは悲しいところだがな。はっはっは……はぁ」

「まあ、さっきも言ったように今回は俺も付き合うよ。遠慮はしなくていい」

「ほんとですか⁉　ボッコボコにやられてへこんでましたけど、そんな気分吹っ飛んじゃいました」

「『霧蜂の巣』の処理についてては任せてくれ、蜂の戦意を失わせる僧侶魔法がある」

「それでは、僕が露払《つゆばら》いをしますね。どちらの方向ですか？」

「お、おう……じゃあ、地図を渡しておく。この東にある沼の手前が蜂の棲息地《せいそくち》だ」

やはりグレッグのセティに対する態度がぎこちない。亜人種が苦手という話も聞いたことがないし――そして、こちらを何か言いたげな顔で見てくる。

セティが先を行く中で、グレッグが追いついてきて耳打ちしてきた。

「なあ、ファレル」

「ん？　さっきからどうした、様子が変だぞ」

「い、いや……あのセティってのは、一体何者なんだ？」

「ちょっと事情があってな……俺の家で引き取って、今日から一緒に依頼をやってる」

「……誤解はしないでほしいんだが、とんでもない美形だな。うちのクリムも相当なものだと思うが、男であれは……」

「グレッグ、ファレルたちが協力してくれているというのに浮き足立つな」

「あ、ああ、分かってるよ。とにかく驚いたって話だ」

　オルセンに注意され、グレッグは話を切り上げる。

「セティ君って職業は何？　私は盗賊《シーフ》ね、宝箱の鍵を外したり、罠を無効化したりっていうのがお仕事なの」

「僕は、まだ職業は決まっていないです」

「今日は肩慣らしで迷宮に来ただけでな。適性を見て、職業を選びたいと思ってる」

「そういうことだったんですねー。じゃあ今の間だけは、私はセティ君の先輩ですね」

「えっ……は、はい、そうなりますね？」

「セティ、そういう時は違いますって言っていいんだぞ」

「まあまあ、いいじゃないですか。あー、グレッグさんとおじいが遅れてきてる。ちょっとゆっくりにしてあげないとですね」


『霧蜂の巣』は樹木の上にあり、周囲には蜂が飛び回っている――普通に近づけば蜂の攻撃を避けることは難しい。

「安寧《あんねい》を司《つかさど》る神よ、ひとときの間彼らの戦意を鎮《しず》めよ……『戦意鎮静《カーム・マインド》』」

「しゃあっ……クリム！」

「はーいっ……『隠れ身《ハイディング》』！」

　オルセンの魔法で蜂の攻撃を抑え、グレッグが木に体当たりして蜂の巣を落とし、クリムが奪取する――見事な連係だ。

　無事に安全域まで離れた後、クリムは持っていた蜂の巣を、グレッグたちに目配せしてからこちらに渡してきた。

「同時に二つ採れたので、一つはファレルさんが持っていってください」

「いいのか？　これ一つだけでしばらくは暮らせる額になるだろう」

「ファレルは食材探しをしてるんだろ？　霧蜂の巣を加工してもらえばいい蜂蜜が採れる……だから、礼にはうってつけだと思ってな」

「その話、覚えてたのか……分かった、ありがたくもらっておくよ」

「儂らはここまでだが、まだ冒険を続けるのなら気をつけてな」

　三人を迷宮の外まで送っていくと申し出たが、それは必要ないと言われた――彼らにも、迷宮に挑む者としての自負がある。

「蜂蜜……それは、甘いものなんですよね？」

「そうだな。またデザートを作るのに使ってみるか」

「っ……では、一度お家《うち》に……い、いえ、駄目ですよねそんな、まだお仕事がありますし」

「この沼で、もう一つ依頼もこなせそうだしな。セティ、あれを見てくれ……まだ咲いてない花の蕾《つぼみ》があるだろ？　あれは『宵闇草《よいやみそう》』ってやつで、夜になると花が開くんだ」

「わあ……どんな花が咲くのか見てみたいです」

「いろんな色の花が咲くし、街に持って帰っても夜が来るたびに開くんだ。そんなわけで、これも持って帰ると報酬が出る。十本ほど頼めるか」

「かしこまりました……っ！」

「っ……セティ、ちょっ……」

止める間もなくセティが走っていく——沼地の表面にはいくつも蓮《はす》の葉が浮いているが、それは普通なら足場にできるようなものではなく、ぬかるみに足を取られつつ時間をかけて花の蕾を摘《つ》むしかない。

しかしセティは恐るべきことに、蓮の葉が沈み込む前に次の蓮の葉に移動し、ありえない速度で沼のあちこちにある蕾を回収していく。

（まるで飛んでるみたいだ……それに、何をさせても絵になる）

目方《めかた》のある俺はセティと同じことはできないので、可能な範囲で花を集める——そうこうしているうちにセティが依頼された数を集め終える。

「ファレル様、これで全部——」

「——セティ、伏せろっ！」

ゴパァ、と音を立てて沼の中から何かが現れる——スワンプブロップ。沼の中に潜《ひそ》んで、近づいた獲物を襲うスライム系の魔物だ。

セティが伏せたところで、俺は背負った剣を抜く——遠心力を乗せて放つ、横薙《よこな》ぎ。

「おぉぉぉぉっ！」

繰り出した剣は軟体であるブロップを両断する——同時に叩きつけられた剣圧で、ブロップの身体が爆ぜる。

（っ……し、しまった……っ）

咄嗟《とっさ》のことだったとはいえ、沼地で大技を繰り出した結果――巻き上がった泥が雨のように降り注いでくる。

「……あ、ありがとうございます、ファレル様」

「いや、すまん……こうなることを計算に入れておくべきだった」

「……ふふっ」

セティが笑う。彼が声を出して笑うのを見たのは初めてだった――お互いに泥まみれの顔を向け合って、こちらも釣られて笑ってしまう。

「ははは……本当にすまん、こんな……」

「いえ、凄く楽しいです。泥んこになるのが楽しいなんて、初めてです」

そうやってひとしきり笑い合ったあと、どうするかを考える――こうなってしまっては仕方がないが、泥まみれのままで帰るのか、それとも。

「そういえば、グレッグさんに地図を借りたとき、この近くに水場があると書いてありました」

「ああ、確かに……そこに寄って、軽く泥を落としてから帰るか」

次の行き先は決まった。迷宮の中では貴重な、澄んだ水のある場所だ。迷宮内で飲料水を得られる場所は限られるが、その一つでもある。

そして移動を始めて、俺はまだセティに言っていなかったことがあったと気づいた。大迷宮の中では気候が変化する。場合によっては、雨が降ったりもするのだということを。

3 雨宿り

水場に向かう道の途中で、頬に冷たいものが当たる――そして間もなく雨が降り注いでくる。

「セティ、雨を避けられる場所まで走るぞ！　確か、この先に岩窟《がんくつ》がある！」

「はい、僕は濡れても大丈夫ですが……っ」

「もしかして、竜人だからか？　水に濡れても平気とか……」

「はい、泳ぐのも得意ですし……あっ、い、今はちょっと泳いだりはできないですけど」

走りながらも息を切らさず話せる――セティの体力はもはや病《や》み上がりとは言えないほど回復しているし、むしろ気を抜いたら置いていかれそうなほどだ。

「でも、雨は平気ですけど、ちょっと苦手なものが……っ、ひぁぁっ！」

上空を覆う雲のあいだに稲光が生じ、雷が落ちる――一層でここまで気候が荒れるのは久しぶりだ。

「……雷には弱い、ってことか。大丈夫か？」

「す、すみません……っ」

後方で雷鳴が瞬《また》いたことで、驚いたセティが俺にしがみついてくる――このまま抱《かか》えて走っていくかとも思ったが、セティは俺から離れ、赤面しつつも再び自力で走り出す。

金属の武器を持っている状態では落雷しやすくなりそうだが、置いていくわけにもいかない。今後は何かしら雷避けの対策をしておいた方が良さそうだ。

◆◇◆

――ヴェルデ大迷宮　一層東部　白亜の岩窟――

一層で野営に向いている場所は幾つかあるが、そのうちの一つがこの岩窟だ。石灰質の多い岩を刳《く》り貫《ぬ》いたようなこの岩窟は、どうやってできたのか諸説あるが、この付近に出る魔物のしわざというのが有力とされている。

雨風を凌《しの》げる上、煙がこもらないこの場所は、野営に必要な火を熾《おこ》すにはうってつけだ。こういった緊急避難で使われることも見越して、燃料となるような乾燥した木も用意してある――なくなったら補充しろという看板があるが、今のところ在庫は十分そうだ。

「……くしゅんっ」

「濡れたままでいると風邪をひくから、火を熾して暖を取る。ちょっと待ってろよ」

「ファレル様、火力を調節すれば、僕の吐息《ブレス》で火を点《つ》けられます」

「おお、それは助かるな。火打ち石と油よりも点きが良さそうだ」

石を積んで囲いを作り、燃料の木を組み上げる。すると、セティがすぅ、と息を吸い込み、ふっと控えめに炎を吐いた。

「おお、点いた……セティ、ありがとう。火を噴いてるっていうより、口の前から生じてるって感じじゃないか？」

「はい、竜の吐息《ブレス》とは違って、竜人の吐息《ブレス》は魔法の一種なんです」

竜は体内に燃焼性のガスを持っており、それを使って炎を吐く——竜人の場合はそうではなく、確かに息を吸い込んだ時に魔力が集束している。それは魔法が発動する前に見られる兆候だ。

セティは火に手をかざしている。俺は収納具《ザック》から布を取り出し、セティに差し出す。

「まず髪を拭《ふ》いたほうがいい。できれば装備も乾かした方がいいが……どうする？」

「あ……は、はい。そうですね、革の装備は濡れたままにすると良くありませんから。すみません、お願いできますか？」

セティがこちらに背を向ける。鎧はベルトで固定してあるので、これを外すには後ろに手を回す必要があるが、確かに俺が手伝った方が早い。

「んっ……」

胸当てを外すと、セティの上半身全体に包帯がしっかりと巻かれている。雨の中を走ってくるうちに中まで水が染《し》みてしまって、肌の色がところどころ透けていた。

「包帯は新しいのに替えるか。持ってきておいて良かったな」

「は、はい……あの、向こうに行って替えてきてもいいですか？」

「ああ、俺は火の番をしていよう。いちおう周囲には気をつけてな、魔物も雨宿りすることがあるから」

セティは包帯と身体を拭くための布を持って、物陰に入っていく。

俺もいったん装備を外し、身体を拭く。パチパチと音を立てる焚《た》き火を眺めつつ、待つことしばし――なかなかセティが戻ってこない。

「――ああっ、ちょっと……か、返してっ……！」

「っ……！」

セティの焦《あせ》ったような声が聞こえてくる。やはり魔物がいたか――包帯を巻き直している時にちょっかいを出してくるとは。

「セティ、大丈夫か⁉」

「あっ……ファ、ファレル様……この子が、包帯を引っ張って……っ」

「キュィイッ……！」

そこにいたのは、丸いシルエットの小さな獣――セティの巻きかけの包帯に噛みつき、引っ張っている。

「――キュアァッ！」

包帯を離した途端、獣は目にも止まらぬ速さで辺りを跳ね回る――そして、動けないセティの方を狙おうとする。

「させるかっ……！」

セティに体当たりをする前に、俺は片腕で獣の体当たりを止める――そのままギュルギュルと回転を続けていた獣が、やがて止まった。

「キューン……」

「こいつはバウンドラビットだな……この辺りによく出没する悪戯者《いたずらもの》だ」

「あ、あの、もうおとなしくしてくれているみたいなので、今日のところは……」

「セティがそう言うなら、今日は大目に見てやるか」

バウンドラビットを放すと、本当にいいのかというように何度も振り返りつつ去っていった。

見た目だけなら愛嬌《あいきょう》があるが、冒険者になりたての頃は翻弄《ほんろう》されてしまうこともある魔物だ。

「セティ、俺にも何か手伝うことは……」

そう言いつつ彼の方を見ようとして、ぺたり、と頬に手を当てられて止められる。

「だ、大丈夫です、僕一人でできますから」

「そ、そうか……」

焚き火の近くに戻り、しばらく火を眺めながら、ふと思い出す。

グレッグがセティを見て様子がおかしくなったのは、無理からぬことではないか。いや、そんなことを考えるのは土台間違っている。

「あ、あの……申し訳ありません、心配していただいたのに……」

「ああいや、俺こそちょっと過保護だったな……」

戻ってきたセティは頭の包帯を解いて、身体を拭く布は肩にかけていた。

「……俺も精神の修養が足りないかもしれない」

「修養……ですか？　あっ……」

きゅるる、と音が聞こえる。セティは恥ずかしそうにするが、お腹《なか》が空《す》くのは悪いことではない。

迷宮に入ってから食事を摂っていないし、ここで何か食べることにしよう——そうすれば、気持ちを切り替えられるはずだ。

4　雷の影響

依頼札の一つに『一層東側で飛び茸《だけ》を十個集める』というものがあったので、岩窟の奥で採取する。

採ろうとするといきなり矢のような勢いで飛び出してくる危険な茸《きのこ》だが、ある程度反射神経があれば摑んで止められる。

「はっ……！」

掛け声とともにセティが茸をキャッチしている。目が片方しか使えないセティには危険だと言ったのだが、俺がやっているのを見てできそうだというので、任せてみたら全く危なげなかった。

「この茸は何に使うんでしょう？」

「そのまま焼いても煮込んでも美味《うま》い。セティは茸を食べたことはあるか？」

「ええと……昔閉じ込められていたときに、牢屋の中に茸が生えていて、それを食べたことがあります。味はあまりしませんでした」

　そういうこともあるかもしれない、という想像力が足りていなかった。ずっと奴隷として扱われてきたセティに、昔を思い出させることを聞くのは配慮が欠けている。

「あ……大丈夫です、平気です。拘束具をつけられていたことが幸いして、覚えていることはぼんやりしているので」

「そうか……済まない、気を遣《つか》わせてるよな」

「いいえ、ファレル様が本当に心配してくださっているのが分かるので……いけないことだとは思いますが、それが嬉しいっていう気持ちの方が大きいです」

　失言を咎《とが》めることをせず、ただ全て肯定してくれる。あんな目に遭《あ》って、それでもセティは穏やかさを失わずにいる。

「僕はファレル様と一緒に食べるのなら、この茸もとても美味しく感じると思います。だから、楽しみです」

「羽根が生えてる茸なんて食べられるか、って奴も結構いるぞ。瘴気《しょうき》抜きも必要だしな」

「はい、それでも楽しみです。もしファレル様がお料理を失敗することがあっても、それでも僕は食べたいです」

　何でもいいのか、とつい言ってしまいそうになるが、そういうことではないとよく分かっている。

「知らない食材に関しては、やはりチャレンジになるところはあるからな。俺が先に毒味をす

てくれ」

「あまりいい子すぎると、俺の立つ瀬がなくなるからな。たまには我が儘《わまま》を言ったりもしてみるから、その後に続いてくれ」

「……僕が先に味見をするのがいいと思いますけど、ファレル様がそうおっしゃるのなら」

冗談のつもりで言ってみたが、セティは真剣に考えてくれている——そして。

「……で、では。お家に戻ったら、お風呂でファレル様のお背中をお流ししたいです」

「……それは我が儘とは言わないんじゃないか？」

「僕にとっては、それが今一番の我が儘なんです」

家に来た初日、俺がセティの背中を流したからということか。まあ二人で風呂に入った方が時間の節約にはなるが、こんなおっさんとでは狭くないだろうか。

「ファレル様、外は雨が止《や》んだみたいです」

「そうだな。依頼札もあと残り一つだし、それをこなしたら街に戻るか」

さっき逃したバウンドラビットの仲間は、俺たちを見かけても攻撃してこない。笑顔で手を振るセティを横目に、岩窟を後にした。

◆◇◆

——だが、外に出た途端。遠くから、またも誰かの悲鳴が聞こえてくる。

「ファレル様、他のパーティが襲われているみたいです……っ！」

「……さっきの雷が原因か。初級くらいではかなり厳しいことになってるはずだ」

雷が落ちた際のセティの反応からすると、おそらくこの先に行って戦うことになる相手は難敵になる。

だが、放っておくという選択肢はない。皆まで言わなくても、セティも俺も走りだしていた。

森の中を悲鳴が聞こえた方角に走り、俺たちはそれを見た——雷を帯びて全身が発光した小鬼《ゴブリン》たちの姿を。

「きゃぁぁっ……わ、わたくしは美味しくありませんっ……！」

「こ、こいつら……なんで雷の、攻撃なんかっ……あががが っ！」

迷宮の落雷は、時に一部の魔物を活性化させる。沼の北側に棲《す》み着いている小鬼たちは、雷を浴びると一時的に狂騒状態となり、普段狙わない格上の相手にも襲いかかる。

「ギシャアアアッ！」

「ギィッ、ギィッ！」

「来ないで……っ、駄目……あぁぁっ……‼」

雷を帯びたボロボロの短剣を振りかざし、僧侶《プリースト》らしき女性の冒険者に攻撃を仕掛ける小鬼たち——この距離では間に割り込めない。

「——喰らえっ！」

「ギャフッ……！」

「ギヘェッ……！」

投石で二匹の小鬼《ゴブリン》を牽制《けんせい》する——つもりが、命中した時点で仕留められた。触れるだけで痺《しび》れてしまうのなら、触れなければいい。だが、ふだん後衛を務める僧侶《プリースト》では一度距離を詰められてしまうと振り切るのは難しくなる。

「に、逃げろ、お嬢さん……っ、うぐぁっ……！」

同じパーティなのか、それとも通りすがりか。男の戦士が小鬼に立ち向かうが、麻痺した手では武器は握れず、小鬼たちの斬撃を受ける。

「あ……あぁ……っ、神様かみさまかみさま……っ」

「くそっ……数が多い……うえにっ……！」

「そこを通してください……っ！」

「——シャアアァッ！」

まだ小鬼は十体ほどもいて、俺とセティを足止めしてくる——セティは触れるわけにもいかず攻撃を避《よ》けて火の吐息《ブレス》を放つが、小鬼の放った雷球で相殺《そうさい》される。

（ゴブリンシャーマン……群れでの戦いに慣れている……！）

雷を帯びた小鬼は、ただでさえ動きが通常より速くなる——詠唱《えいしょう》の速度も。

「——セティ！」

セティがもう一度吐息《ブレス》を吐く前に、シャーマンが詠唱を終える。

「はぁぁあっ！」

しかし、セティはそれを読んでいた——火を噴こうとしたのは引っかけで、雷球を回避して地面を蹴り、ゴブリンシャーマンに斬撃を浴びせる。

「負けてられないな……来いっ！」

「「「ギギィーッッ！」」」

残りの小鬼が俺に向かってくる——ただの戦士と見て、雷の力を帯びた自分たちには金属製の武器による反撃ができないと判断したのだろう。

「おぉおらぁあっっ!!」

だが、それは大きな間違いだ。俺は魔力を剣に集中し、渾身《こんしん》の力で地面に突き刺す。

『ンギォオォッ……！！？』

地面が砕け、爆ぜた土塊《つちくれ》が小鬼たちに命中する。そんな攻撃があると思ってはいなかったのか、命中を免《まぬか》れた小鬼たちは一歩、二歩と後ずさる。

「……まだやるか？」

「「ギヒィッ……！」」

悲鳴のような声を上げて小鬼たちが逃げていく——そのうちに彼らが帯びていた雷の力も消える。

「とんだ災難だったな」

「へへ……俺のことはいいから、そこのお嬢さんを……俺の仲間は、先に逃げておそらく無事だ……」

全滅を避けるために逃げるしかないというのはある——この男だけは、小鬼《ゴブリン》に襲撃されていた彼女を見過ごしにできなかったのだろう。

「もう大丈夫ですよ、魔物はいなくなりましたから」

「……ま、待って……くらはい……しびれれ……」

小鬼の攻撃を受けてしまったのか、僧侶の女性——少女というべき年齢か——は全身が痺れて呂律《ろれつ》が回らなくなっている。

痺れを抜く薬草は森の中でも採れるはずだ。ひとまず怪我人《けがにん》の二人を安全なところに避難させて、応急手当てをしなくては。

5　光る果実

麻痺《まひ》に効果のあるハーブを見つけ、その葉を痺れている二人に噛んでもらう——あとは効いてくるのを待つだけだ。

「ありがとよ……ここらの小鬼が、雷であんなことになるとは……」

「は、はひ……びっくりしました、本当にもう駄目かと……」

「俺も前に一度見たきりだが、迷宮内では雷の力で強くなる奴がいる。落雷の後は気をつけた方がいい」

二人は木にもたれかかって休んでいる。セティはというと——少し離れたところで、上の方を見上げていた。

「どうした？　何か見つけたのか」

「この木に、変わった果実が生《な》っているんです」

セティが指差す先を見ると、見上げるほど高い木の枝に光る実が生っている。

「……俺もあんなふうに光るのは見たことがないな。いつもはただの酸っぱい実が生るんだが」

「ファレル様、あの実を取ってきていいですか？」

「あ、ああ。念のために、籠手をつけて取ってみてくれ。革の籠手ならある程度防護効果があるから」

指示通りに籠手をつけると、セティはするすると木を登り、光る実を取って降りてきた。

「凄い……ずっと光っているようなら、このまま明かりに使えそうですね」

「危険がないかどうか、とりあえず鑑定してもらったほうが良さそうだな」

落雷の後に見つかったことから、雷と何か関係があるような気もするが――覚悟して素手で触れてみても何も起こらない。ただ、並々ならぬ力が宿っているような感じはする。

光る実を革袋に入れて収納具《ザック》にしまうと、二人の麻痺が解けており、僧侶の少女が回復魔法をかけていた。

「ああ、面目ねえ。こんな綺麗に傷が塞《ふさ》がっちまうんだな」

「ありがとうございました、助けていただいて。そちらのお兄さまがたにも、ぜひお礼を……」

「それはいいが、一人でここに来たのか？　僧侶一人で迷宮に行くなんて、よくギルドが許可を出したな」

「そ、それは……その、事情がありまして。さっきみたいに急に魔物が強くなったりしなければ、わたくし一人でも大丈夫だったんですよ？」

少女は変わった形の棍棒を握って言う――前にも見たことがあるが、格闘戦で使う特殊な形の棍棒だ。

「金属製の棍棒なので、相手に触ると痺れてしまいまして……」

「あんたたち、二人ともとんでもなく腕が立つんだな。兄さんの剣技は並大抵の筋力じゃできねえ芸当だったし、あんたの方は魔法剣士か？　火球を放った後の身のこなしは電光石火ってやつだったな」

「い、いえ……その、僕は大したことは……全部ファレル様のおかげです」

「いや、セティのおかげだ」

「ふふっ……お二人とも、とても仲がいいんですね。まるで兄弟みたいです」

兄弟というには歳が離れすぎている、と言っている場合でもない――セティはというと、顔を赤くして黙ってしまう。それはどういう反応なのだろう。

「――おーい、生きてるか！」

「おおっ……お前ら、来てくれたか！　あれが俺のパーティの仲間だ」

「合流できて良かったな。仲間によろしく言っておいてくれ」

彼を追いていってしまったからか、多少申し訳なさそうな顔をしながら、四人の冒険者がこちらに向かってきている。今回のことで関係が悪化するということもなさそうだ。

「また街で見かけたら礼をさせてくれ。あんたはどのギルドを贔屓《ひいき》にしてる？」

『天駆《あまか》ける翼馬亭《よくばてい》』だと答えると、男は頭を下げてから仲間のもとに走っていった。

「さて……あんたはどうする？　俺たちは、今日のところは引き上げようと思うが」

「できればわたくしもご一緒させていただければ……ああっ、いえ、もしご迷惑なら……」

「こっちは全然構わない。セティはどうだ？」

「もちろん大丈夫です。ファレル様が今おっしゃいましたが、僕はセティです」

「わたくしはリィズといいます。ファレルさん、セティさん、先程は本当にありがとうございました」

リィズは帽子が落ちないように押さえたままで頭を下げる。セティもそれに応じている——なんとも平和な光景だ。

「お二人にも回復の魔法を……と思いましたが、すみません、今日使える回数は使いきっていましたわ」

僧侶の魔法は神の恩恵であり、一日に使える回数は限られている。魔法使いの魔法は魔力がある限り使えるので、それが大きな違いだ。

「何か依頼を受けて来たのか？」

「はい、宿賃を稼がないといけませんので……でも、この依頼札に書いてあるものは見つかりませんでした」

「あっ……この花なら、余分に取ってきています。ファレル様、おすそ分けしても大丈夫ですか？」

「ああっ……これが『宵闇草《よいやみそう》』ですのね。もう少しでわたくしも沼地に着くところだったのですが……」

「じゃあ、あんたも必要な数だけ持っていくといい」

「っ……そ、そんな。助けていただいたばかりか、そのようなことまで……だ、ダメですわ。そんなことをしたら、恩が返せないくらい大きくなってしまいます」

遠慮するリィズを前に、俺は革袋に宵闇草を必要な数だけ取り分け、セティに渡す。

「……どうぞ」

「ああっ……ど、どうしてそんなにあなた方は、初対面のわたくしに優しくできるんですのっ」

「まあ、今度は俺たちが困った時に助けてくれればいい。これから冒険者として頑張っていくつもりなんだろ？」

リィズの瞳が揺れる。やがて彼女はセティの差し出した袋を受け取り、目元を拭《ぬぐ》った。

「……人の情けというものが身に沁《し》みますわ。貸しを作ったままでいられると思ったら大間違いですからね」

「ああ、覚えておくよ。ほどほどに期待しつつな」

そう言いはするが、あくまでもほどほどだ。見返りを期待するようなことじゃない。

◆◇◆

迷宮の入り口まで戻ってきた後、街に行くための鳥竜《バドロス》を借りたところで俺たちはリィズと別れることになった。

先に走っていくリィズの姿を見送りつつ、俺の隣にセティが鳥竜を寄せて並走する。

「元気な方でしたね。あの棍棒をどんなふうに使われるのか、見てみたかったです」

「街には訓練場もあるし、機会があれば手合わせしてみるのもいいかもな」

「……そ、それなら……ファレル様に稽古をつけていただきたいですっ」

「さっき魔法剣士かって言われてたが、その適性も訓練場で確かめられると思う。ちなみに俺はただの剣士だから、魔法の指導はできないんだけどな」

「そうなんですか？　でも、ファレル様は……」

剣士でも魔力を扱うことはできる――だが、俺の技がその範囲のものではないというのは、見る人間が見れば分かってしまう。

「……ファレル様の剣は、僕が見た中で一番力強い、勇者の剣です」

「っ……そ、そうか……それは、買い被りすぎだな」

セティはそれ以上何も言わなかった。ただ、その横顔は微笑んだまま。

鳥竜は走り続ける。日が落ちる中で、俺たちはエルバトスの西門に辿《たど》り着いた。

6 依頼完了

『天駆ける翼馬亭』に戻り、受付に向かう。イレーヌは他の冒険者に対応していたが、ちょうど話が終わったところだった。別室に案内され、テーブルを挟んで着席する。

「お疲れ様です、お二人とも。無事に戻られて何よりです」

「ああ、お疲れ様。今回は薬草採取と宵闇草の採取、飛び茸の採取をこなしてきた」

「今日一日で三つも……やっぱりファレルさんは凄いですね。セティさんもお疲れ様です。迷宮はいかがでしたか？」

「魔物と戦ったりもしましたが、楽しかったです……あっ、お仕事なのにそういう言い方をしては駄目ですよね」

「楽しむのは悪いことじゃない。そうじゃないと続かないしな」

迷宮に対して苦手意識を持つこともなく、セティはよく動いていた。判断力も優れているし、俺よりも視野が広いというか、俺が気づかないものを見つける能力がある。

「ファレルさんも嬉しそうです。セティさんとの探索は、それくらい楽しかったんですね」

「ん……ま、まあな。途中でグレッグたちに会ったりもしたし、いろいろあったが」

「お三方ともに無事で戻っていらっしゃいました。ファレルさんは救助活動を行っていますので、勲章が授与されますよ。すでにかなりの数になりますよね」

「迷宮に入ると何かとあるしな」

「特級冒険者でもこれほど救助勲章を持っている方はいないですよ。授与数を発表すると騒ぎになるので、ファレルさんのお願いで伏せているんです」

途中からイレーヌはセティの方を向いて話す――キラキラとした目を向けてくるセティを、照れが出てしまって見られない。

「これで『中級』に留《とど》まっているなんて……と、そういうことを言うとファレルさんが他のギルドに逃げてしまうかもしれませんから、言わぬが花としておきます」

「全部言ってる気がするが……最近は結構攻めてくるな」

「ファレルさんの腕前を一番よく知っているのは、間違いなく私ですから」

自分のことのように誇らしげなイレーヌを見て、セティが何か言いたそうにしている。

「どうした、セティ」

「あ、あの……ファレル様とイレーヌさんは、どのようなご関係なのでしょうか」

「っ……げほっ、ごほっ。いや、普通に仕事上の付き合いというか……」

「前任者から引き継いで、もう二年になりますでしょうか。ファレルさんはこのギルドの影のエースとも言える人で、難しい仕事は彼に任せろと、前任者もよく言っていたんです」

「そんなこと言ってたのか……まったく、食えない人だ」

イレーヌの前任で受付をしていた女性はかなりのやり手で、二年前に別の街のギルドに転属となっている。『天駆ける翼馬亭』は他の街にも支部があって、そこの副支部長として移った形──つまりは栄転だ。

「セティさんを助けに行ってくださった時も、中級冒険者では本来なら任されない深層の依頼を受けて行かれたんですよ」

「そうだったんですね……ファレル様らしいです」

あくまで仕事のついでという体《てい》で彼を助けた──まだ短い付き合いだが、セティはそれを察してしまったようだ。

「そういう人ですから、ファレルさんのことを一度知った方は、皆さん一目《いちもく》置かれているんですよ」

「そんな大層なもんじゃない。まあグレッグたちが無事で良かった。依頼のほうだが、報酬の精算を頼めるか？」

「はい、それでは確認させていただきますね」

薬草一つで銅貨二枚になるが、二十集めたうちの十五を納品する。

飛び茸は相場が上がっていて一つ銅貨四枚、合計十買い取られた。これも十五取ってきてあるので、余った分は家の貯蔵庫に入れる予定だ。

「宵闇草は綺麗な花をつけるので、私も好きです。夜になると淡く光るのもロマンチックですね」

宵闇草の蕾は二十二取ってきたが、納品数は八だったので、リィズに渡した分を除くと六残った。

俺に花を飾る趣味はないので、薬の材料としてメネアさんに売ってもいいか——と思ったが。

「……………」

無言でセティがこちらを見てくる。今の会話の流れでそういう反応をするということは、宵闇草の花がどんなものか気になるのかもしれない。

「……家に帰ったら、宵闇草の花を見てみるか？」

「っ……あ、ありがとうございます。すみません、我が儘を言ってしまって」

何も言われていないが、あんなふうに見られては鈍《にぶ》い俺でも察せようというものだ。

「セティさんは今回複数の依頼を遂行されましたが、昇格試験を受けるには、階層主《ぬし》の討伐に参加することが残りの条件になります」

「ああ、分かった。一層の階層主で、やりやすい奴を選んでみるよ」

「階層主……ですか？」

「魔物の親玉みたいな奴で、一つの階層に複数いる。準備をして挑めばそこまで強敵じゃない……そして、中には珍しい食材が採れる奴もいる」

「あぁっ……ファ、ファレル様。また魔物を食材にするだなんて、そんな危ないものを……いくら美味しくても、本当に気をつけた方がいいですよ？」

イレーヌも迷宮の食材に興味はあるようなのだが、まだ口にする勇気はないらしい。

「ファレル様が作るお料理はとても美味しいので、イレーヌさんも食べてみたらお気持ちが変わられるかもしれません」

「ははは……まあ、無理強いはしないのが粋《いき》ってもんだ」

「セティさんも召し上がるのなら、私も……い、いえ。ファレルさんのお家にお伺《うかが》いしたら、おじゃま虫になってしまいますし」

「そんなこともないけどな」

「はい、やっぱり私は……えっ？」

俺がどう反応するかを予想していなかったのか、イレーヌは目を丸くしている——セティがいると客を招いても二人きりにならないと思っただけだが、驚きすぎではないだろうか。

「で、では。機会がありましたら、ぜひ……」

「わぁ、良かったです！　絶対絶対美味しいですから、きっとびっくりしますよ」

セティがいると、今まで、どこか一歩引いた目で見ていた周囲との関係にも変化が生じる。

それは決して悪いことではないはずだ——なんて、真剣に考えすぎているか。

報告を終えてイレーヌと別れ、ギルドを出るまでに、ホールで見知った人々の姿を見つける。

「おっ、ファレル！　会えると思って待ってたぜ！」

「ファレルさん、さっきはありがとうございました！　不肖《ふしょう》クリム、今日は潰れるまでご一緒させていただきます！」

「今日のうちに会えて良かった。ファレル、そしてセティ殿。改めて礼を言うぞ」

グレッグ、クリム、オルセンの三人がこちらにやってくる。三人ともすでに酒が入っているのか、顔を赤くしつつも上機嫌だ。

家に帰ってやることはいろいろとあるが、軽く飲んでからでも悪くはない。セティを見やると、やはり何も言わずとも察してくれて、笑顔で頷きを返してくれた。

SIDE2　路地裏の密談

「はぁ……わたくしったら、わたくしったら……」

『金色の薫風亭《こんじきのくんぷうてい》』の中にも酒場が併設されているが、その隅の席で、僧侶のリィズは頭を抱えていた。

彼女がエルバトスにやってきたのはつい昨日で、ここに来るまでに宿場町で財布を掏《す》られ、別に保管していた銀貨で冒険者登録をした。

仕事をして報酬を得れば当面の宿賃にはなると考えたが、限られた時間ではパーティを組む相手も見つからず、一人でヴェルデ大迷宮に挑んだ。『金色の薫風亭』では依頼を受けると鳥竜《バードロス》の利用券が発行されるため、それを使えば移動に問題はなかった――しかし。

（あと一歩のところで、あんな魔物が出てくるなんて……こっちから攻撃できないなんて反則ですわ……っ）

雷の力で動きが速くなった小鬼《ゴブリン》に襲われた時のことを思い出す。迷宮に恐怖心のなかったリィズでも、一人で迷宮に潜る気力が萎《な》えるような経験だった。

しかし、窮地《きゅうち》に駆けつけて助けてくれた二人のことを思い出すと、まだ頑張らなければいけないと思い始める。その二つの感情の間で揺れ動いた結果、リィズはようやく結論に達した。

（あれだけのことを言って家を出たのに、何もできずに帰ったら……ええ、まだ諦めるわけにはいきません。せっかく憧《あこが》れのエルバトスに来たんですから……！）

「お待たせいたしました、香草と豆のスープです」

「っ……あ、ありがとうございます」

リィズはスープを口に運ぶ。僧侶《プリースト》は肉食を禁じられているので注文できるものが限られている——しかし、彼女の実家では肉のない物足りなさを補うように工夫された食事が出ていた。

（故郷の味が懐かしい……なんて、贅沢《ぜいたく》は言っていられませんわ）

そう自分に活《かつ》を入れるものの、少しパサついたパンを口に運んで、リィズは思わずため息をついてしまう。

他のテーブルは賑《にぎ》やかで、男女ともに笑い合って騒いでいる——時折一人でいるリィズに声をかけてくる冒険者はいたが、酒を飲まないと分かると離れていってしまう。

僧侶が一人で冒険者をやるのは難しい。頼りになる仲間がいてくれたら——そこでもう一度、ファレルとセティの顔が浮かんでくる。

（……あんなに強い人たちでは、わたくしなんか足手まといになってしまいますわ。今日だって、回復魔法の残り回数を考えずに使いきってしまって……ああっ、ファレルさんとセティさんにお礼代わりの魔法が使えたら良かったのに）

リィズを助けに駆けつけてくれたもう一人の冒険者も別のテーブルにいるが、隅のテーブル

にいる彼女には気づいていない。彼が無事であったことに安堵しつつ、リィズはやはり回復魔法は彼に使って良かったのだと考え直した。

◆◇◆

酒場を出て宿に向かう。その途中で、リィズは裏路地に入っていく人影を見かけた。

(……人のことを気にしている場合ではないのですが。こういう時、妙に勘が働いてしまうのは困りものですわね)

リィズは意を決して、足音を立てないよう路地に入っていく。

暗い路地には月明かりが差し込んでいる。道の奥には誰かが立っている——フードを被ったその男は、冷たい笑みを浮かべていた。

(あれは……確か、特級パーティの……こんなところで、一体何をしてるんですの)

路地裏に入った人物は、その男と何かを話している。リィズは聴覚に意識を集中する——すると、話し声がかすかに聞き取れた。

「……ふーん。まあ、こんなことだろうとは思ってたけど。僕らを一度深層に潜らせたのは、あいつらを見てもらいたかったんだろ？」

「迷宮の民は、かつて王国から逃げた奴隷の集まり。放置はできないと判断した」

「いいのかい？　僕らがその迷宮の民から、王国の隠したいものを見つけてしまっても」

好奇心に駆られたことを、リィズは後悔する——それほどの殺気が、男たちの間に生じている。

（このまま聞いていてはいけない……でも、身体が動かせない……っ）

「……交渉の準備はある。しかし特級といえどもあまり調子に乗られては困る。あくまでも王国に特権を与えられているのだと理解しておけ」

「それはもう、十分に。分かった、リーダーに伝えておくよ」

飄々と答える男を残して、もう一つの人影が消える。

リィズはそれでもまだ動けない。逃げ出さなければならないと、全力で本能が訴えている。

「さて……あとは、盗み聞きをしているそこの君を、どう処理するかだ」

「っ……！」

――自分は、何をされたかも分からないままに死ぬ。

途方もなく力量に差がある相手に殺気を向けられた時、理屈を超えてそう理解させられる。

フードの男の手が閃《ひらめ》く。路地裏の壁に反射して飛んでくる見えない何かを、リィズはどうすることもできずに――。

「――ふっ！」

キィン、と甲高《かんだか》い金属音が響く。壁に突き立ったのは透明な刃《やいば》――フードの男が投擲《とうてき》した暗《あん》器《き》を、何者かが剣で弾《はじ》いていた。

「……空気が読めない奴はどこにでもいるんだね」

「逃げるわよ、そこの人っ！」

「ふにゃっ……!?」

リィズは首根っこを摑まれて、文字通り運び去られる。フードの男が放った追撃を、リィズを救った人物は振り返りざまに剣を閃かせて防いでしまう。

「待てっ……チッ……!」

フードの男が路地から出ると、夜の街を行き来する人々が増えていた――そして、リィズたちの姿を見失う。

そして男の姿もその場から消える。路地裏で行われていたことを知るものはなく、あとには酔った男女の喧騒だけが残っていた。

◆◇◆

リィズはどこかの宿に連れていかれ、部屋に入ったところで、彼女を助けた人物はずっと被っていたフードを外した。

「ふぅ……」

「お、女の人……ですよね、声でそれは分かっていたのですけど……」

長い金色の髪。そして宝石のような碧眼《へきがん》を持つその女性は、リィズに怜悧《れいり》な視線を向ける。

「あの場に貴女《あなた》が入っていくのを見た時は、何者かと思ったけれど。その様子を見ると、事情を知っての行為ではなさそうね」

「は、はい……すみません、助けていただいて」

「彼の暗器が掠《かす》りでもすれば、毒で命を落としていたでしょうね。特級パーティに所属していながら、その実情は快楽殺人者……あんな人物を野放しにはしておけない」

「か、快楽……そんな、あの人が……」

身体を震わせるリィズの肩に手を置き、金色の髪の女性は労《いたわ》るように微笑みかける。

「私が居合わせていて良かった。あなたさえ良ければ、しばらく無事を保障するためについているわ」

「っ……そ、そんな、助けていただいたうえに、そこまでしていただいたら……わたくし、冒険者になったばかりで、今日も迷宮で助けてもらって……」

「……そんなことがあったのね。でも、あなたはこうして無事でいる。それも神様の思《おぼ》し召しなんじゃないかしら」

リィズはその笑顔こそが女神のように見えると言いそうになるが、僧侶である自分にあるまじき言葉であると自重する。

「皆さん、とても優しくしてくれて、わたくしも頑張らないといけないと思うのですが……ファレルさんたちに恩を返せるように、まずは……」

「……今、なんて言ったの？」

急に女性の態度が変わり、リィズに詰め寄ってくる。ベッドに座っていたリィズは、押し倒されるかというほどに身体を反《そ》らせていた。

「い、いえ、すみません、優しいというのは悪い意味では……っ」

「そ、そうじゃなくて……その、名前を言ったでしょう」

「……ファレルさん、ですか？」

リィズがもう一度その名を言うと、彼女は部屋の隅まで歩いていく。

そして頬に両手を当てる。リィズが後ろから見ても分かるほどに、首から上が真っ赤になっていた。

「見つけた……副団長……やっぱりここにいたんだ……」

「あ、あの……いかがなさいましたか？」

リィズの呼びかけに返事があったのは、しばらく経ってからのことだった。

彼女の名はフィアーユ・ルフェリア。王国聖騎士団の現・副団長その人であった。

7　薬草と蜂蜜

俺はエール酒を二杯飲んだくらいだったが、クリムは少し飲みすぎたらしく、気がつくとテーブルに突っ伏して寝てしまっていた。

「いやはや……いつもはこんなに飲まねえんだが、クリムも立派な酒飲みになっちまったもんだ」

「うぅ～……今まで酔ったことなんて無かったのでぇ、これは酔ってるわけじゃないんですよぉ。ひっく」

グレッグもオルセンも千鳥足なので、俺がクリムを背負って歩いている。セティは少ししか飲んでいないが酔ってはいるようで、微笑んでこっちを見るばかりだ。

「ファレルは飲んでも全く顔に出ぬのだな……もしかせずとも酒豪か」

「これくらいなら水みたいなもんだ。オルセンの宗派は酒を飲んでもいいのか？」

「ドワーフの信仰する神は酒を禁じておらぬ。我らにとってはそれこそ水と同じなのでな……はっはっはっ」

「爺さんはまだ飲み足りなさそうだな。ファレル、悪いがクリムのことを頼めるか？　お前の家はそんなに遠くなかったよな」

「そんな～、ファレルさんとセティに迷惑ですよぉ～。本音を言うと行きたいですけどぉ、うっ……」

「ちょっ……吐くなら言ってくれ、いったん降ろすからな」

「なんとか乗り切りましたぁ～。えへへ……ファレルさんのお家……」

グレッグとオルセンは二人して夜の街に歩いていく――どうやら梯子《はしご》をするつもりらしい。

今さら水を差すのも悪いだろうか。

「ファレル様、クリムさんに早く休んでいただきましょう。その……危ないみたいですし」

「ほらクリム、年下のセティに心配されてるぞ。そんなことでいいのか」

「は～い、お姉さんで～す。セティのお姉さんなので、ファレルさんのお家の子になりま～す」

「これは駄目みたいだな……早くなんとかしないと」

「……クリムさんは、ファレル様のことを慕《した》っていらっしゃるのですね。僕と同じです」

同じというのは語弊《ごへい》があるが——と問答をしている場合でもない。またクリムが危機に陥らないうちに、渋々ながら家に運ぶことにした。

◆◇◆

家に辿り着き、居間の明かりをつけて長椅子にクリムを寝かせる。無防備に寝息を立てている姿に嘆息しつつ、一つ瓶を持って貯蔵庫に入る。

霧蜂の巣から少量の蜂蜜を瓶に入れる——全て蜂蜜を取り出す際は、専門の店に任せた方が良い。今は少量だけ使って、クリムが起きた時のためにハーブティを作る。

ポットに水を入れて湯を沸かし、布の小袋に薬草の葉を入れて成分を浸出《しんしゅつ》させる。

「わぁ……いい香りです」

「さっき取ってきた薬草だが、葉の先の部分だけ使って茶を淹《い》れると、渋みもなくすっきりした味になる。これに蜂蜜を大匙《おおさじ》二杯入れて混ぜる」

「二杯……少し多くはないでしょうか？」

「霧蜂の蜂蜜は甘みがすっきりしてるんだ。だから多めに入れるとちょうど良くなる。柑橘《かんきつ》を絞ったり乳を入れてもいいが、それはお好みだな」

淹れたてのお茶をカップに注ぎ、セティに勧める。セティはカップを手にとって香りを吸い込んだ後、口をつけた。

「んっ……あ……凄くほっとする味です。何だか、喉がすっきりもしますね」

「この薬草はヒールミントっていうんだが、傷薬を作る材料に使う以外にもいろいろ効能があるんだ。セティが言う通り喉が腫《は》れた時に効くし、風邪をひいた場合にも飲める」

「効能の中に、酔い醒ましもあるということですね。身体が火照《ほて》っていたのが、少し引いてきた気がします」

「いや、蜂蜜と合わせると頭痛と吐き気止めに効くんだ。二日酔いにいいってことだな」

「そ、そうなんですね……ひっく。すみません、やっぱりすぐに酔いは醒めたりしないですね」

「酒を抜くには薬草蒸し風呂が効くらしいがな。セティも今度行ってみるか？　俺はまだ未体験なんだが」

「い、いえ。僕は、お家のお風呂の方が落ち着きます。でも、いつかは行ってみたいです」

風呂の話をしていて思い出すが、クリムが寝ているうちに入ってしまってもいいだろうか――まったく起きる気配がないし、気分が悪そうというわけでもないので、いったん席を外しても大丈夫だろう。

◆◇◆

「ふぅ……」

セティに一番風呂に入ってもらうつもりが、逆に譲られてしまった。

桶《おけ》に湯を汲《く》んで頭からかぶり、一日を振り返る。セティはずっと笑っていたように思う――

人と話しながら探索するのは久しぶりだが、これほど充実感を覚えたことは久しくなかった。

一人で生きていくと決めた俺が、誰かと一緒に家に戻り、こうして暮らしている。セティに会う前は、こんな変化は想像もすることができなかった。

「……変わるもんだな」

『っ……ファレル様、やっぱり入っては駄目……ですよね』

独り言のつもりが、脱衣所から返事があった——不透明なガラスの向こうでも、申し訳なさそうにしているのが分かる。

「あ、ああ……そういえば、言ってたな。背中を流したいって」

『は、はい……すみません、不意打ちのようなことをしてしまって』

どうやらセティは俺を先に入浴させておいて、後から入ろうと密かに考えていたらしい。

いつもは控えめというか、奥ゆかしい性格なのに、思いきったことを考える。少年の頃の俺よりは、悪戯にもずっと可愛げがあるが。

「じゃあ、お願いするよ。せっかく来てくれたんだしな」

『っ……はいっ、せっかくなので……！』

俺の言葉を繰り返すと、セティは戸を開けて浴室に入ってくる。

濡れても大丈夫なようにということか、セティは上半身に白いシャツを羽織り、ズボンを膝《ひざ》上《うえ》まで捲《まく》り上げていた。

「……包帯はずっと巻いてるんだな。苦しくないか？」

「はい、大丈夫です。巻いていないと落ち着かないくらいです」

上半身に巻かれた包帯は、身体の動きを阻害していないようなので、問題ないといえばそうだが――外した方が楽になるのでは、という思いはする。

「では、お背中を流させていただきます……っ」

「ははは……こちらこそ、よろしく頼む」

セティはかしこまった態度で気合いを入れると、布を石鹸《せっけん》で泡立てて俺の背中を洗い始める。

「っ……く、くすぐったいな。もう少し力を入れてもいいぞ」

「これくらいで大丈夫ですか？　痛くありませんか？」

「ああ、ちょうどいい。なかなか上手いな」

ゴシゴシと強めにこすられる方がいいので、それくらいで洗ってもらう――それにしてもセティは丁寧《ていねい》で、隅々まで洗ってくれている。

「手を出していただけますか？」

「そんなに念入りにしなくてもいいんだぞ、セティが疲れてしまうからな」

「全然疲れたりしません。ファレル様の手は大きいです……この手で剣を握ったり、美味しいお料理を作ったりしているんですね……ありがとうございます」

手に感謝を述べつつ洗われる――さすがにそれは照れるものがある。

「……セティ、包帯に泡がついてるぞ」

「っ……あ、ありがとうございます。すみません、お見苦しいところを」

包帯には一重になっているところがあり、やはりその部分は濡れると肌の色が透ける——相《あい》対《たい》して手を洗ってもらっていると、どうしても目につく。

男同士なので問題はない。ないはずなのだが——セティの胸を覆う包帯が、動いた拍子にずれる。セティは咄嗟に腕で押さえ、顔が見る間に真っ赤になる。

「あっ……す、すみません。ちょっとずれてしまって」

「あ、ああいや……そろそろ大丈夫だから、上がってくれていいぞ」

「……いえ、もう少しだけ。ファレル様の髪を洗ってもいいですか？」

「い、いや、もう俺は……」

「駄目です。僕も洗っていただいたので、ファレル様のことも洗わせていただかないと……」

酒が遅れて回ってくるという者もいるが、セティもそれに当たるのだろうか。結局髪を洗うことまで任せると、今日のところは満足してくれたようだった。

俺は一人湯船に浸《つ》かりながら、酔うとあんなふうになるのかと、明後日《あさって》の方向で感心していた。

8　大きな服

風呂から出てくると、起きてきたクリムとセティが談笑していた。

「あっ、ファレルさん……ちょ、ちょっと、お風呂上がりっていつもそんな格好なんですか？」

「普通に服を着てるが……何か問題あるか？」

「い、いえ、全然そういうわけじゃ……分かってはいましたけど、鍛え方が凄いですよね、フアレルさんは。その、鎖骨とか……」

「どこを見てるんだ……」

寝る前なので薄着なのだが、クリムはまだ気分が高揚しているのか、俺の格好が気になるらしい。

「そ、そういえば……セティはさっきどこに行ってたの？」

「あっ……え、ええと……」

「俺の背中を流してくれてたんだ。迷宮探索してる時から言われていて……ど、どうしたセティ」

なぜかセティがこちらを見つめてくる——というか、これは一応睨《にら》んでいるのだろうか。俺に向ける眼力には限界があるらしく、小動物が威嚇《いかく》しているかのようだが。

「セティもお年頃なので、お兄さんと一緒にお風呂に入ったってバラされるのは照れがあるんですよ。いくら弟みたいなものだといってもですね、親しき仲にも礼儀ありですよ？」

「なぜ俺が説教されているんだ……」

「い、いえ、違います、そうじゃなくて……今のは、僕の間違いです」

何というか誤魔化すのが下手《へた》だが、クリムの言うことも全くの的外《まとはず》れというわけではないということか。

「分かった、親しき仲にも礼儀ありだな。あまりプライベートなことは言わないでおこう」

「あー、いいですね。もう、二人は家族っていう感じで……」

「……家族……」

セティはそう呟《つぶや》くと、再び俺をじっと見る──今度は威嚇でもなく、ただ見ているだけ。

「っ……」

そして急に真っ赤になり、部屋の隅に逃げていってしまう。家族という響きが恥ずかしかったというなら、それは俺も同じだったりする。

「本当に初々《ういうい》しいですねぇ。本当のお兄さんと弟でも、こんなに仲いいのは珍しいですよ」

「あまりそっちの方面ではからかわないでくれ、セティが隅っこから戻ってこないだろ」

「あはは……あっ、そういえばお礼を忘れてました。ファレルさんのハーブティ、胸のむかむかとかが全部吹っ飛んじゃいました。すっきり爽快《そうかい》です♪」

「そいつは良かった。どうする？　家に帰るなら送っていくし、泊まっていっても構わないが」

「グレッグさんとおじいが酔い潰れてたら心配なので、探しに行こうかなと思ってたんですけど。二人も大人なので大丈夫ですよね、きっと」

「グレッグはともかく、オルセンはよほどのことがないと潰れないだろうな。酒に耐性があると言ってたから」

それにしても大事なパーティメンバーを、俺のようなおっさんに預けてもいいのか──と思いはするが、おそらく無害な生き物だと見られているのだろう。

クリムの方はさっきからこっちを見る視線が泳いでいる感じなので、何か上から着た方がいいのだろうか。筋肉質な男性なら、冒険者をやっていれば幾らでも見ているはずだが。

「クリム、風呂はどうする？　さっき俺が入ってたから、湯は替えるか？」

「そんなそんな、入れるだけでも十分なので。お金がない時は布で身体を拭くだけってこともありますからね」

「では、準備をしておきますね。僕はクリムさんの後に入らせていただいて良いですか？」

「ああ、わかった」

セティは一礼して浴室に向かう。それを見ていたクリムは感心しきりで、にやにやとこちらを見てくる。

「……今度はなんだ？」

「いえ、本当にいい子だなと思って。『孤高のファレル』の心を開くだけはありますよね」

「一人で迷宮に潜ってる変人……の間違いだろう」

「そんなことないですよ、ファレルさんの腕を知ってる人はみんな、変わったところはあっても凄い人だって分かってますから。冒険者になる前は、何をしていたんだろうって」

「その話か。まあ、いつか話すかもしれないし、話さないかもしれないな」

「……前だったら、もっとはっきり『話せない』ってふうでしたよ？」

クリムが言う通り、俺の考え方は少し変化している。

自分の中の頑《かたく》なだった部分が、セティと会ったことで溶けかけている。

「こうやって私を家に入れてくれることもありませんでしたよね。冒険者の心得を指南《しなん》していただきたいっていうのは、本当のことなんですけど」

「そう言われても、俺はただの中級冒険者だからな」

「私だけじゃなくて、グレッグさんやおじいよりも経験豊富な冒険者ですよ」

確信を持ってクリムはそう言う。彼女も俺が深層に単独で潜っていることを知っているので、誤魔化しはきかない。

「……分かった、今度仕事に付き合う。それで勘弁してもらえるか？」

「いえ、そんなつもりじゃないんです。せっかくなので、思っていることを言っておこうかなと思っただけなので」

「まあ、けじめだよ。俺個人としてのな」

「それなら……もっと違うことをお願いするのは、有りだったりします？」

空気が変わる――クリムが席を立って、すぐ前まで来て見上げてくる。

「ファレルさんって、やっぱり自分で言っている年齢より、若く見えるというか……」

クリムがすっと俺の頬に手を伸ばしてくる。その意図が読めないが、このまま触れさせてもいいものか――と思ったところで。

脱衣所の扉が開く音がする。クリムはくすっと笑うと、手を引いて身体の後ろに隠した。

「じゃあ、お風呂借りちゃいますね」

「ああ、風呂にあるものは好きに使ってくれ」

クリムは軽い足取りで浴室に向かい、セティと何か話している。俺はテーブルに座り、少し気が抜けて頬杖をつく。

「ファレル様、お疲れ様です……何か、僕がやることはありませんか？」

「ん？　ああいや、今は大丈夫だ。楽にしていてくれ」

「はい。いつでも、何でもお申しつけくださいね」

至れり尽くせりというセティの態度に、そんなにかしこまらなくていいと言いかけて、それすらも飲み込む。

「……何だか楽しいです、お客さんがいらっしゃっているというのは」

「まあ……そうだな。あいつはどうも、俺をからかうことに情熱を燃やしてるみたいなんだが」

「そんなことはありません、見ていれば分かります。クリムさんが、ファレル様をどれくらい慕っているのか」

「そこまでのことは何もしてないんだがな」

「してないつもりでも、している……というのが、ファレル様だと分かってきました」

何を言っても上手く返されてしまう――セティも、なかなか手強《てごわ》くなってきたものだ。

「……そういえばそのシャツ、俺のでは大きくないか？」

「っ……す、すみません、ファレル様の服をお借りしていいと聞いていたので……」

「まあおっさんのお古を着るよりも、新しい服を買った方がいいな。そうだよな、装備を整えて服を買ってないってのは片手落ちだった」

当然のことを言ったつもりが、セティは複雑そうな反応だ。

そして余っている袖から手を出しつつ、控えめに身構える仕草をする。

「……ファレル様の服は大きくて、着ていると安心します」

「そ、そうか……でもぶかぶかすぎるしな」

「は、はい……すみません、変なことを言って」

「まあ、たまに止《や》むを得ず俺のを着るくらいならいいぞ。一緒に住んでるんならそういうこともあるしな」

「っ……そうですね、止むを得ず……ありがとうございます、ファレル様」

彼の純朴さを見ていると、俺は気を回しすぎなのかもしれないと思ったりはする。

しかし、その後クリムが着替えとして出された俺の服を着て出てきて、やはり泊まり客用に着替えは別に用意しておくべきだという結論に至った。

第五章 大迷宮の支配者たち

1 朝の風景

「ん……」

昨日はクリムにベッドを貸し、俺は居間の長椅子で寝た。

窓から差し込んでくる朝の光。何やらいい香りがしてくる――パンを焼いているらしい。

台所を覗《のぞ》いてみると、セティが起きてきていて、俺のお古のエプロンをつけて朝食の準備をしていた。

（一回横で見てただけなのに、ちゃんと覚えているんだな……）

仕込みをした生地《きじ》を貯蔵庫に入れてあるので、それを出してきて焼く――竈《かまど》に火を点《つ》ける過程に関しては、セティは炎の吐息《ブレス》を利用していた。

「これで大丈夫かな……？」

（ああ、大丈夫だ……って……）

なんとなく陰からセティを見守ってしまう。木のボウルを出してきて卵を割り、塩コショウを振ってしっかり混ぜる。カラザを取っておくことも忘れてはならない。

髪が邪魔な場合は三角巾《さんかくきん》でまとめておくといいと教えたが、セティはその通りにしている。首筋に汗が滲《にじ》んでいるのは、おそらく台所に立つ前も他の家事をしていたからだろう。

「～♪」

(……歌詞はないけど、歌ってる？　そういうところもあるんだな)

緊張しながらやっていることは伝わってくるのだが、それ以上に楽しそうだ。

「ええと、バターを溶かして……じゅわっ、と」

卵液を鍋に入れて、ここからが難しい。家で使っている鍋は重く、オムレツをひっくり返す工程がなかなか容易にいかないのだ。

「……ここからひっくり返す……えいっ……あ、あれ……」

(惜しい……っ！)

このままだとオムレツが焦《こ》げてしまう――というところで、俺は意を決して台所に入った。

「セティ、ちょっといいか？」

「っ……す、すみませんファレル様、勝手に……っ」

料理をしていることがバレても、それは全く悪いことではない――と伝えるのは後にして、俺はセティの後ろから手を添え、鍋を動かしつつ木ベラを使ってオムレツをひっくり返した。

そして少し焼いたところで皿に移す。

「わぁ……ファレル様、お上手です」

「朝食の用意をしてくれてたんだな。もっと寝っててもいいんだぞ？」

「いえ、昨夜から、何かできることはないかなってずっと考えていたので、早く目が覚めてしまいました。でも、勝手にしてはいけなかったですよね……」

「飯を作ろうとしてくれるのを怒るとか、そんなことは絶対ない。よく頑張ったな」

「っ……ファレル様、次は上手《うま》くいくと思うので、その、もう一回……」

「横で見てるからやってみてくれ。さて、成功するかな？」

挑発するように言うと、セティは逆に目を輝かせる。その若さというか、少年特有のひたむきさが俺には眩《まぶ》しい。

さっきと同じ工程までは順調に来て、セティは俺を見てから、手元に集中してオムレツを返す――今度は成功だ。

「できた……あっ、焼きすぎになるからすぐ下ろさなきゃ……熱っ」

「っ……だ、大丈夫か!?」

セティが慌《あわ》てた拍子《ひょうし》に、熱した鍋に指で触ってしまった――すぐに手を取って、水で冷やさせる。

「す、すみません、驚かせてしまって」

「いや、鍋を持つときは布を使うか、手袋をつけた方がいいな……」

「いえ、熱いのは大丈夫なんです、竜人なので」

「っ……そ、そうか。なるほど……すまん、勝手に焦《あせ》ってしまった」

野菜を洗うために汲《く》んである水に、咄嗟《とっさ》にセティの手を取って浸《ひた》してしまった。セティは手を拭《ふ》きつつ、皿に載《の》っている成功したオムレツを前に微笑む。

「いや、驚いたな……見よう見まねですぐにできるようになるとは。俺はかなり練習したぞ」

「ファレル様の方がお上手です。また、お手本を見せていただきたいです」

「……そこまでかしこまった言葉遣《づか》いをしなくていいんだぞ」

「っ……は、はい。お手本が見たいです」

セティが見ている前では多少緊張があったが、それでも何度も繰り返した動きは身体に染《し》みついていて、オムレツはいつも通りに焼けた。

「……あの、こんなに二人仲良くいつも朝食を作ってるんですか？」

「三人分作ってくれてるじゃないですかー。私も何か手伝うことあります？」

「うぉっ……ク、クリムか。朝食は食べていくか？」

「いや、もう全部終わってるな。セティが早起きしてやってくれたんだ」

「ううっ、さっきまでベッドでだらだらしてた私を非難してません？」

「ファレル様のベッドですから、凄《すご》く寝心地が良かったんですよね、きっと」

微笑んでいるセティだが、なぜか鬼気迫るものを感じる――それを向けられているクリムは気づいておらず、俺だけが戦々恐々としていた。

◆◇◆

焼きたてのパンにサラダ、ベーコンとオムレツ。うちでは定番のメニューの一つだが、クリムの反応は想像もしないものだった。

「……あの、なんで一人暮らしだったファレルさんちの朝食が私の泊まってる宿のより美味《おい》しいんですか？　それどころか、今まで食べた朝食の中で一番なんですけど」

「い、いや……一番はないだろ、大袈裟《おおげさ》じゃないか」

「いいえ、間違いないです。あぁ〜、どうするんですか、こんなの食べたら明日からの朝食が味気なくなっちゃいますよ」

「そう言われてもな……まあ、たまには食べに来ればいいんじゃないか？　頻繁《ひんぱん》に来られると困るがな」

「あっ、じゃあ決めました。次に何か目標を達成したら、お祝いにファレルさんに食事をご馳走《ちそう》になります」

「頑張るのは悪いことじゃないが、それが目標でいいのか？」

「僕もそのためなら頑張れると思います……っ、いえ、何もなくても頑張りますが、ファレル様のお料理はそれくらい美味しいですから」

あまり人に食べてもらうことのなかった料理——その中でも朝食は、俺の中では『作らなければならないから作る』というくらいでしかなかった。

そこに価値を見出《みいだ》してもらえるのなら、俺が迷宮で集めた食材を使ったレシピは、クリムにはどんな反応をされるのだろう。迷宮産の素材を使ったハーブティは喜ばれたが、本格的な料理ならどうなるか——。

「……って、セティが作ってくれたオムレツも美味《うま》いじゃないか」

「あっ……そ、そうですね。クリムさんが食べたものだけが、ファレル様の作ったものです」

「ええっ……じゃあセティも料理上手なんだ。いいなー、そんな二人で料理したら絶対楽しいでしょ」

「……は、はい。とても、楽しいです」

そこで律儀《りちぎ》に返事をするセティ――クリムを喋《しゃべ》らせ続けておくと照れくさい気分にさせられるので、今後は気をつけた方が良さそうだ。

朝食の後、家を出たところでクリムと別れ、セティと一緒に服を買いに行く。

「彼に合う服を選んでやってくれ」

「はい、承《うけたまわ》りました。あら、綺麗な御髪《おぐし》……それに、お顔もとっても可愛らしくて」

「あっ……そ、そんなことないです、僕は……」

「あら？　あらあら……すみません、私てっきり……では、男性物の服をご用意しますね」

セティの顔立ちや振る舞いは女性と見紛《みまが》うものがあるので、服屋の女性が勘違いをするのは無理もない。

セティは少し緊張しつつも、選んでもらった服を試着するために奥に入っていく。武具屋でも似たようなことがあったと思い返しながら、今回は店を出ずに待つことにした。

2　鑑定所

買った服を家に届けてもらうように頼み、次は鑑定所に向かう。

「……あ。ファレル、おはよう」

店のカウンターで何かの本を読んでいるのは、この店の店主——の妹であり、鑑定師でもある少女だ。

「おはよう。ちょっと鑑定してもらいたいものがあって来たんだが」

「……その子は？」

「初めまして、セティといいます。ファレル様のお家《うち》でお世話になっています」

「セティ……初めまして、私はハスミ。ここのお店の鑑定師」

「よろしくお願いします、ハスミさん」

「ん。よろしく」

獣人のハスミは、獣耳の形に合わせたフードを被《かぶ》っている。会釈《えしゃく》をした拍子に耳も動き、それにセティは感心しているようだった。

「……私は白狐《しろぎつね》の獣人族。セティは、竜人？」

「はい、角などは隠していますが」

「その方がいい。亜人種っていうだけで見下してくる人はいるし……」

エルバトスは王国の支配下にはあるが、ある程度の自治を許されている。そして亜人種に対する差別は、都市内では処罰の対象となる。

それでもエルバトスを訪れる者の中には、獣人たちといざこざを起こしてしまう奴がいる。ハスミもそういった連中に絡《から》まれたことがあり、俺が仲裁に入ったということもあった。

「ファレルは獣人を『違う目』で見ない。私たちの友達」

「こんなおっさんと友達ってのもどうかと思うが……」

「そんなことない、ファレルは髭《ひげ》をちゃんと剃《そ》ったら格好いい。そうお姉ちゃんも言ってた」

「え、ええと……あの、その。それをお姉様のいないところで言ってしまうのは……」

「っ……何でもない。私は何も言わなかった。いい？」

「無精髭は確かに見苦しいか。今後は気をつけよう……ど、どうした？　そんな、珍しい動物を見るような目をしないでくれ」

「……ファレルはいつも見ていて面白い。それで、他に面白いものを持ってきたの？」

ハスミに言われて、テーブルの上に『光る果実』を置く。迷宮内で落雷があった後に採取してきたものだ。

「……ビリビリ、ってしてる。触ったら痺《しび》れるかも」

「迷宮で雷が落ちた後に見つけたものなんだ。その影響もあるのかな」

「そうだと思う。ちょっと待って……」

ハスミはルーペを使って果実を観察する。このルーペは魔道具であり、これを通して見たものについて使用者に伝える力を持っている。鑑定師とは、そうやって読み取った情報を理解する能力を持つ者なのである。

「……雷を魔力として保持している。木に雷が落ちて、生《な》っている実に雷の力が宿った。そのまま投げつけると雷の魔力が炸裂《さくれつ》する。果物としてそのまま食べることもできる。名称は『雷の林檎《りんご》』」

「く、食えるのか……？」

「食べられる。投げたりして炸裂させた場合と、食べた場合では効果が異なる。触ってみても大丈夫、痺れない」

ハスミは素手で林檎を持ってみせる。なんとも神秘的だ――雷の魔力を帯びて発光しているのに、触っても問題がないとは。

「……あ、あの……ファレル様」

「ん？」

「その林檎を、食べてみてもいいでしょうか？」

「っ……た、食べるのか？　ハスミの鑑定結果からすれば大丈夫そうだが……」

「食べたらどうなるか、私にも分からない。『食べられる』ということだけが分かっている」

ハスミも積極的に勧《すす》められないようだ。しかしセティには何か考えがあって、林檎を食べてみたいと言っている。

「……よし。俺も一緒に食ってみよう」

「台所なら貸してあげられる。皮は剝《む》いた方がいいかも……金属のナイフ以外で」

「金属のナイフだと痺れるのか……」

「それでしたら、ええと……えいっ！」

セティが手を閃《ひらめ》かせる――すると、雷の林檎が六つに割れる。芯《しん》の部分も刳《く》り貫《ぬ》かれて、これなら食べやすそうだ。

「じゃあ、いくぞ……迷宮の妙味、ここに極まる……！」

「……ファレルが変なことを言ってる」

「僕もいきます……っ、あーん……」

林檎を一切れ口に入れる。サクッ、と小気味のいい音がしたその瞬間――ジュワッと果汁が口の中に広がり、甘酸っぱさが電撃のように全身に染み渡る。

「うぉおおっ……おぁぁ……！」

「ふぁぁっ……あぁ……！」

雷の力が果実に蓄えられる過程で、どのような変化が起こるのか。それは分からないが、文字通り味わったことのない味がした。

脳天に突き抜けるような林檎の風味。絞ってジュースにしたり、パイの具にしたり――どんな料理の仕方でも、この鮮烈さを活《い》かすことができそうだ。

「……ファレルとセティが光って見えた。大丈夫だった？」

「ああ……これは凄い。狙って採《と》れないだけはある味だ」

「しゅわっと口の中に甘酸っぱさが広がって……身体に力が漲《みなぎ》ってくるような気もします」

「……私も食べてみていい？」

「だ、大丈夫か。あまり無茶をさせるわけには……」

「そんなに凄いのなら、食べてみないと後悔しそうだから」

ハスミは意を決して、林檎を一切れ口に運ぶ――すると。

「……ひぁぁぁぁっ、あぁっ……あばばば……っ」

俺たちよりも長くビリビリしている――客観的に見るとこういうふうなのか、と感心もする。

「……はぁっ、はぁっ……私には刺激がちょっと強い……かも」

「いつものハスミにあるまじき声が出てたぞ……大丈夫か？」

「大丈夫。やっぱり、食べるのは問題がない。いっぱい集めてジュースにしたりしても美味しそう」

「いっぱいは見つからないからな……だが、可能性は感じるな」

落雷の後には付近の果樹を探ってみるのもいいかもしれない――と、そこまで癖《くせ》になってしまうのも危ないだろうか。

「……ひっく」

セティがしゃっくりをしている。雷の林檎を食べて身体が驚いてしまったのか。

「……ん？　セティ、今……」

「す、すみません。身体が勝手に……ひっく」

パリパリッ、と音がして、セティの口の前に稲光のようなものが見えた。

「しゃっくりなら、だいたい水を飲んでみたら止まる」

「あ、ありがとうございます……んっ……な、何とか落ち着きました」

今のは気のせいか――気のせいでないなら、俺には起きていない変化がセティに起きている。

「……鑑定のお代は、今の林檎でいい」

「いや、それはちゃんと払うぞ。いつも通り、銀貨二枚でいいか？」

「……一枚で大丈夫。面白いものを持ってきてくれてありがとう」

「ありがとうございました、ハスミさん」

頭を下げ合い、笑い合う二人――ハスミがこんなふうに笑っているのは珍しい。短いやり取りでも、セティの純朴さが伝わったのだろう。

店を出て、次はギルドに向かう。その間も何度かセティの様子を見たが、『雷の林檎』の効果らしきものが見られることはなかった。

3　緊急依頼

鑑定所を出て『天駆《あまか》ける翼馬亭《よくばてい》』に向かう途中から、感じてはいた。そこかしこに冒険者たちの姿が見られるのはいつもと同じだが、彼らが緊張した面持《おもも》ちでいるのだ。

「ファレル様、何かあったんでしょうか？」

「……大迷宮で何かあったか？　時折あるんだ、仕事がしづらくなるようなことが」

ギルドに入ると、掲示板に人だかりができている。張り出されている内容はこうだった。

『迷宮二層にて未確認の階層主《ぬし》が出現　上級冒険者2《ツー》パーティを始めとする多数のパーティが全滅』

『討伐者には金貨二百枚に加え、天鷲勲章《てんしゅう》とそれに付随する褒賞《ほうしょう》を授与する』

未確認の階層主――大迷宮の各階層に数体ずつ生息する、強力な魔物たち。

階層主たちはそれぞれに縄張りを持ち、まるで勢力を争うように、遭遇すれば熾烈《しれつ》な戦いを始める。

好戦的な者が全てではないが、冒険者と遭遇すれば襲いかかってくると見ていい。

「上級が2パーティ、それどころか多数って……」

「うちのギルドじゃ無理だろ……上級の人たちもいるけど、迷宮に入って戻ってきてないって話だし」

「二層で道を塞《ふさ》がれて、戻ってこられないとかだったら……ど、どうするの……？」

セティは他の冒険者の話を聞きながら、心配そうにこちらを見ている。語られている内容からしてそれは無理もないことだ。

「ファレル様……」

当分の間、一層での依頼をこなすに留《とど》めて、誰かが二層で暴れている階層主を倒してくれるのを待つ――『中級冒険者』であるなら、本来そうすべき事態だが。

受付にいるイレーヌのもとに向かう。彼女は青白い顔をしながらも、俺たちを見ると笑いかけてくれる。

「こんにちは、お二人とも」

「大変なことになってるみたいだな。他のギルドの動きは?」

「『金色《こんじき》の薫風亭《くんぷうてい》』が、滞在中の特級パーティに階層主の討伐を打診《だしん》しました。彼らは『遭遇した場合のみ対応する』と……」

「……遭遇しなかったら放置する。そういうことか」

それでは階層主が討伐されず、暴れ続ける可能性もある——俺が今まで見てきた限りでも、ジュノスたちが自分たちの目的以外のために動くというのはあまり想像できない。

「階層主に倒された冒険者は、全員が教会で蘇生できたのか?」

「……いえ。帰還しているのは一部です。何らかの形で囚《とら》われている可能性があります」

「そうか。セティ、少し手強《てごわ》い相手になるが……」

「はい、ご一緒させてください」

みなまで言い終える前にセティが答えてくれる。普通なら階層主討伐に臨《のぞ》むとしたら、複数パーティの連係が必要なくらいなのだが——俺とセティなら、決して無茶な話ではない。

「ファレル様、こちらの依頼を受けられるのですか?」

「ああ。うちのギルドじゃ、他に誰が依頼を受けてる?」

「グレッグ様たちのパーティが、いち早く出立《しゅったつ》されました。彼らの知人も、未帰還者の中に含まれているとのことで……」

昨日の様子じゃ二日酔いで厳しいだろうに――クリムも二人と合流するなり、無謀と分かっていて大迷宮に向かったということだ。

「俺たちも早速出ることにする。階層主について、詳しい情報はあるか？」

「はい、斬撃などが通じにくい、弾性に富んだ表皮を持つ魔物とのことです。麻痺毒《まひどく》を持っているとの報告もあります」

「ありがとう。発見された場所は？」

「二層に入って北東に進んだところにある洞窟《どうくつ》の周辺です。この中を棲《す》み家《か》にしているようですが、大きな被害を出したときは外に出てきていたそうです」

ここまで分かれば、あとは現地に急ぐだけだ。グレッグたちのパーティには恐らく荷が重い――俺たちを待っていてほしかったが、それを言うよりも動くことだ。

◆◇◆

エルバトス西門に向かう――先に鳥竜《バドロス》を借りているパーティは、こともあろうに『黎明《れいめい》の宝剣』の連中だった。

「おお？　またあいつか……ちょうどいい、ここでカタをつけてやろうじゃねえの」

「ガディ、そんなことをしている時間はない。弱者に構うな」

好き勝手言ってくれる――だが、ジュノスにとって俺の年季が入った装備は何の価値もないようにしか見えないのだろう。

「あんたたちは依頼を受けたのか？　今、大迷宮で階層主による被害が出てるって話だが」

イレーヌに聞いたことは伏せておく。彼女は俺を信頼して情報を提供してくれているが、本来なら他のギルドの内情は知らせてはならない決まりだ。

「それがお前に何の関係がある？」

「討伐の打診はあったけど、私たちってそのためにここにいるわけじゃないのよね」

「迷宮内でどう動くかは我々の自由だ。そちらこそ、そんな子供を連れて迷宮に行くなど、どうかしているな」

ジュノス、ロザリナ、そしてもう一人の大鎚《おおづち》を背負った女が言う。

フードを被り、顔を隠しているセティのことも見分けられない――『そんな子供』を大迷宮の底に置いてきたのは、当の彼ら自身だというのに。

「今は迷宮になんて入らない方がいいよ？　まあ、君くらいじゃ一層で遊んでるのが関の山だろうけど」

「……っ」

セティが反論しようとしてくれるが、声を出して気づかれてはならない――それを、彼も分かってくれていた。

「悪いが、遊びに行くつもりはない。俺たちには俺たちの成すべきことがある」

「……くだらん。行くぞ、お前たち」

「俺はお前と決着をつけることが、成すべきことだと思ってるぜ……っ！」

『黎明の宝剣』が鳥竜《バドロス》を走らせていく――女性の神官だけは何も言わなかったが、終始俺たちを無価値なものに向ける目で見ていた。

「……あの人たちは、何も変わらない。僕を……僕を、置いていったことも……っ」

「よく耐えたな……でも、俺の方がいつか耐えられなくなりそうだ」

「ファレル様……」

ここでジュノスとやり合うことに意味はない。そう分かっていても、憤《いきどお》りのあまりに握った拳から、血が流れていた。

セティは俺の握った拳を解く。そして、伝った血に口をつける――その動きは自然で、されるがままに任せてしまう。

「セ、セティ。そこまでしなくても……」

「僕は、ファレル様が怒ってくれたことが嬉しい……でも、それでこんな傷をつけさせてしまったことが、同じくらいに許せない」

これも竜人の持つ能力なのか――セティが口をつけた部分の傷が、消えている。

「彼らと決着をつけるとしたら、それは僕の……」

「……一人でやろうとしなくていい。もう、これは俺たちの問題なんだ」

セティは俺を黙って見ていたが、やがて頷《うなず》きを返す。

大迷宮の中で『黎明の宝剣』と遭遇することがあるのか、それは分からない。何にせよ現時点で優先すべきことは、二層の階層主を討伐すること――可能であれば、途中でグレッグたちと合流すること。今のところは、それだけを考えればいい。

4　魔獣の森

大迷宮の入り口まで来ると、物々しい空気になっている——鳥竜《バドロス》を預かってくれた青年も困《こん》惑《わく》している様子だ。

情報は少しでも欲しいので、青年に事情を聞いてみることにする。

「……階層主の件は聞いたか？」

「ええ、未帰還者が出てるってことで……階層主がここまで上がってくることはないですけど、やっぱり緊張はしますね。あまり強いのが出てくると一層にも影響は及びますし」

「大迷宮から出てきてないパーティも結構いるのか？」

「そうですね、帰還する経路で魔物の襲撃があったってことなんで。メンバーの一部だけ逃げられたパーティの人たちも、仲間の方々が見つかるのを待ってますよ」

そんなことを話しているうちに、神官と護衛団という構成のパーティが大迷宮に入っていく。一定範囲内の冒険者の遺体を回収する専門の魔法があり、それを使って遺体を回収しているのである。

それには多大な労力を要するのと、回収の魔法を習得できる神官が希少であることから、教会での蘇生代金は非常に高額となる。

神官たちの一行を見ていたセティに、ふと浮かんだ疑問を投げかける。

「『黎明の宝剣』には神官がいたな。神聖魔法を使えば不死者に対処できたはずだが……」

「彼女は自分が良しとした時にしか魔法を使いません。神聖魔法を修めるには神への祈りや奉仕が必要ですが、それをしている様子もなくて……」

「……なんとなく、何をやってるのかは想像がつく。神官が魔法の使用回数を増やすための裏技みたいなもんがあってな……まあ、法の上じゃ禁止されてるが」

「っ……あの人が、そんなことを……」

「そういう奴が過去にいたっていうことだ。その神官が協力してくれれば、もし回収されてない死者がいても街には戻せる……だが、期待しない方がいいだろうな」

「彼らは、自分たちの目的以外に関しては素通りをする……僕もそう思います」

後から追いかけても『黎明の宝剣』の姿を見ることはないだろうが、もし彼らが想定しない事象があれば追いつくことはありうる。

ほとんど一触即発の状態だが、とりあえずは行くしかない。俺たちは二層への最短経路を行き、魔物との戦闘を避けて進んだ。

◆◇◆

二層に向かう『中央大斜面』を降りると、これまでとは異なる形の樹木が生えた森が広がっている。

この区域には、樹木に隠れて幾つもの洞窟がある。魔物が掘ったもの、天然で存在していたもの――これらは数が多すぎて、まだ全てが探索されていない。

「ファレル様、魔物の気配がします。こちらを見ているみたいですね」

「ちょっと道を外れると魔物がいるからな。まあ、おとなしい奴なら襲ってはこない」

冒険者たちが切り開き、形成された道。そのうちの一つが、北東に向かう経路――これは、三層に向かう際にも通ることのある道だ。

障害物を避けつつ、黙々と進んでいく。木の枝から垂れ下がっているロープだと思ったら蛇だった、なんてこともあるので気をつけなければ――セティが今まさに蛇に絡まれたが、噛まれることもなく生きたまま逃がす。

「よく蛇を軽くあしらえるな……俺でも結構勇気がいるぞ」

「急に出てきたらびっくりしますが、そうでもなければ大丈夫です……ひゃぁっ！」

今度はぼたっ、と何かが木の上から落ちてきた――ナメクジのような何かだ。無害な生き物なのでむんずと摑んで放り捨てる。食材として適しているかどうかは寡聞《かぶん》にして知らない。

「……大丈夫か？」

「は、はい……っ、大丈夫です、ちょっと驚いただけなので」

セティは俺に抱きついていたが、パッと離れて再び移動を始める。

――そして、俺たちは地響きのような音を聞く。セティが俺に目配せをして先に進んでいき、木の陰に隠れて音の主《ぬし》の姿を視界に入れる。

「……あいつか……！」

黒い甲殻《こうかく》で全身が覆《おお》われた、四足獣の魔物。首の周囲にたてがみのように生えているのは、触手――それぞれが独立した生き物のように動いている。

「あ、あんたたち……頼む、俺たちの仲間を……っ」

黒い魔獣に襲われたのか、傷ついた冒険者が助けを求めてくる――その視線の先にいるのは。

「チッ……道が寸断されてやがるのか。余計なことをしてくれたな」

「調査は済みました。報告には十分でしょう」

（ガディ……そして、あの神官……！）

この先の道は、付近の木々が倒されて行く手が阻《はば》まれている――『黎明の宝剣』は何か理由があって、ガディと神官だけを別行動させたようだ。

「（っ……ファレル様、あの人が……っ！）」

「うわぁっ、あぁっ、い、嫌だっ、うぁぁぁっ……!!」

魔獣の触手に搦《から》め捕《と》られ、冒険者はまるで繭《まゆ》か何かに囚われたような姿に変わる。

その様を見てもガディは不快そうに眉をひそめるだけで、神官も何もしようとはしない。それどころか魔法の詠唱《えいしょう》を始める――転移魔法の詠唱、しかし。

「っ……魔法が無効化されています」

「ったくよぉ……肝心な時に使えねえ……！」

爆発的に筋肉を膨張《ぼうちょう》させ、ガディは黒い魔獣に肉薄し、背負っていた戦斧《せんぷ》を振り下ろす――

しかし。

「なっ……ん……だ、こいつ……！」

「──ガディッ！」

ガキン、と頭部の甲殻に刃が受け止められる。即座に魔獣から離れようとするガディだったが、鋭利な槍のように触手が形状を変え、その胸と脇腹を貫《つらぬ》く。

「ぐぅあっ……!!」

吹き飛ばされながらも回転して体勢を整え、地面を削《けず》りながらガディが止まる。

「仕方がありませんね。神よ、癒《い》やしの慈悲を……」

「シーマ、待っ……！」

ガディが警告した瞬間だった──標的を変えた魔獣が、その眼光をシーマに向ける。

「くぅっ……ま、まさか……麻痺の毒ではなく、邪眼……っ、あぁっ……！」

ガディの怪力をものともしない装甲、高位の神官でも防げない邪眼。

もし俺たちより先にグレッグたちがここに来ていたら──今は、それを想像するよりも。

「──セティ、行くぞ」

「はいっ！」

初手は、触手に囚われた冒険者の救出。先に出たセティが火の吐息《ブレス》で魔獣を牽制《けんせい》し、合わせて駆け込みざまに大剣を振り下ろす。

「うぉぉぉっ！」

魔力を帯びた剣は触手を寸断する——迎撃してくる触手を紙一重《かみひとえ》で避け、セティは魔獣の胴体に斬撃を浴びせる。

「くっ……！」

「刃が通る場所を探せ！　装甲を削るのは無理だ！」

「はいっ……やぁぁぁっ！」

セティは魔獣が前足で繰り出した薙《な》ぎ払いを避け、カウンターで懐《ふところ》に入り、ショートソードを突き立てる。

同時に俺に向けられたのは——邪眼。相対しただけでシーマという神官を麻痺させたその技に、俺は正面から向き合った。

「グォオオォアァアァッ!!」

俺の動きを止めたと確信して食らいつこうとする魔獣——その生臭《なまぐさ》い息に辟易《へきえき》しながら、俺は当たり前のように大剣を使い、噛みつき攻撃を防いだ。

5　魔獣の正体

「ゴァ……ッ！」
大剣の刃《やいば》と牙がせめぎ合う——邪眼に直視されたはずの俺が動いていることは、黒い魔獣に少なからず動揺を与えている。

「て、てめえ……」

「なぜ、動いて……邪眼に睨《にら》まれたはずなのに……」

「そういう呪いは効かない」

ガディとシーマには聞こえていない。声を張って教えることでもない――魔獣に蹴りを入れて吹き飛ばし、怯《ひる》んだ隙《すき》に大剣を振りかぶる。

「おぉらぁぁぁぁあっ！」

大地を踏みしめ、大剣を振り下ろす。黒い魔獣の装甲の隙間に刺さったセティのショートソードに衝撃が伝わり、より深く打ち込まれる――どれだけ硬い魔物でも、内部に衝撃が伝われば無傷とはいかない。

だが――手応《てごた》えが途中から、急に消えるような感覚。魔獣の身体が急に萎《しぼ》み、後には黒いゼリー状の組織が残る。

「うぉあっ……く、クソが……こんなところで、俺がっ……」

「魔法が封じられているのは、このせい……っ、あぁぁっ……！」

振り返るとガディとシーマの足元に、黒い泥濘《ぬかるみ》が生じている――その中に二人は飲み込まれてしまう。

「あぁ……お、同じだ……俺の仲間も、ああやって……」

触手から解放された冒険者は、頭を抱《かか》えて震えている――完全に恐慌に陥《おちい》っている。

「大丈夫か、しっかりしろ。気付けの薬草だ」

「ぐっ……げほっ、げほっ」

昨日の依頼で採取した薬草は、すり潰《つぶ》したものを服用するだけでも鎮静効果がある。小瓶に入れた薬液は飲みにくくはあるが、噎《む》せながらも何とか飲み下してくれた。

「……あんたたち……あの化け物をたった二人で……」

「さっきあそこにいた二人が地面に飲み込まれるのを見たな。同じことが、あんたの仲間にも起きたのか」

「ああ……全く同じだった。魔法職の者たちは魔法が使えなくなり、あの黒い魔獣と戦っているうちに、次々に地面に沈んで……っ」

「ファレル様、僕たちが戦ったのは、偽者《にせもの》だったということですか？」

「あれは分体だ。シーマという神官が魔法を封じられていると言っていたが、この辺り一帯が階層主の『領土』で、それに付随する効果だと考えられる。セティの吐息《ブレス》は封印の対象にはならないみたいだな」

「は、はい。魔力が無くなったりもしていないみたいです、少し『吸われている』ような感じはしますが……」

この辺りに入るだけで徐々に魔力を奪われる。それは魔法の一種によるもので、抵抗力のある人間でなければ魔力の消耗《しょうもう》は無視できない大問題となるが、俺もセティも幸い抵抗できている。

黒い魔獣は階層主の体組織の一部を使って作られたもの――それくらいのことを、大迷宮の階層主ならばやってみせても不思議ではない。

「……装甲は別の魔物のものを利用していたのか。黒い体組織はスライム……いや、ローパーに近いな。こいつの触手は触れるだけで魔力を吸われるし、麻痺毒がある。そして、分体を動かす核となっているのが……」

時間が経《た》つと色が変わって、ゼリー状の組織の色が透明に近づいていく。

魔獣の眼《め》だったものが、ゼリー質の中に埋もれている。取り出してみると、弾性のある球状の物質に変化していた。

「これが邪眼……さっきの魔獣の核といえるものだ。階層主は、これを幾つも持っているような怪物ってことになるな」

「目がいっぱい……こ、怖いですね……でも、そんなことは言っていられないです」

グレッグたちが捕まったのかは分からないが、他に捕らえられた冒険者は解放したい。

しかし、ガディとシーマ――俺たちにとって因縁《いんねん》の相手である二人もまた、恐らくは囚われている。

「……あの、ファレル様、ガディたちも驚いていましたが、どうして邪眼を見ても大丈夫だったんですか？」

「邪眼の力っていうのは『呪い』なんだ。その類《たぐい》は、俺にはほとんど通じない」

「凄い……シーマも呪いを防ぐ専門家のはずなのに、彼女が防げなかった邪眼が効かないなんて……」

「ただ鈍《にぶ》いだけだよ。あの二人は、組み合わせとしては今回の戦闘向きじゃなかった……特級と言っても判断ミスはする。俺たちも心して行こう」

「俺はあんたたちのおかげでほとんど無傷だ、ありがとう。ここで階層主に攻撃されたってことはギルドに伝えておくよ。加勢が来てくれるかは分からないが……」

「――ひぇぇぇっ！」

平静を取り戻した男が、そう話した直後だった――今度は別の方向から、悲鳴のような声が聞こえてくる。

「待ちなさいちょっと、こんなナメクジくらいで……っ」

まず走ってきたのは――昨日、一層で助けた僧侶《プリースト》のリィズ。その後ろを追いかけてきたのは、顔をマスクで覆い、外套を羽織ってフードを被った剣士だった。

「「あっ……」」

リィズと剣士の声が揃《そろ》う。とりあえずリィズの方は知り合いということで、俺は軽く手を上げた。

「もしかして、階層主討伐で来たのか？」

「こ、こんにちは、ファレルさん、セティさん。あっ、そちらは新しい仲間の方ですか？」

「いや、彼は行きがかりで助けた。階層主の本体はまだ見てないが、分体に襲われたんだ。もうここは縄張りの中だが、大丈夫か？」

「『領土』の影響を防ぐお守りは持っていま……いえ、持っている。き、貴公はこれから、階層主の討伐に向かうのか？」

声からして女性だが、人見知りでもするのか何か態度がぎこちない――しかし、かなり腕が立つという空気は醸《かも》し出している。

「アールさん、急にどうしたんですか？　そんな男の人みたいな喋《しゃべ》り方になって……」

「私は元々こういう喋り方だ。申し遅れたが、彼女の言う通り、私は冒険者のアールという。き、貴公の名前を聞かせてもらいたい……っ」

なぜか振り絞るような声で名前を聞かれる――俺のようなしがない中級冒険者に、そんなに緊張することはないはずなのだが。

「俺はファレル・ブラックという。中級冒険者には不相応だと思うだろうが、階層主討伐の依頼を受けて来た」

「……ファレル……ブラック……」

そう告げた俺の名前を、女剣士が繰り返す――その声が、かすかに震えている。

「そして、彼はセティだ。俺とパーティを組んでいる」

「パーティ……貴公と……？」

「は、はい。まだパーティを組んでいただいて間もないですが……ファレル様の家でお世話になってもいます」

「……お世話……お世話に……貴公とこの少年が、一緒に生活を？」

「ま、まあそうだが。俺たちのことは置いておいて、事は一刻を争う状態だ。この近くにある

洞窟に、おそらく階層主がいる。一緒に来るか？　リィズには、正直言ってまだ早いと思うが……」

「い、いえっ、決してお邪魔はしないので連れていってください。わたくし、ヌメヌメしたものはまだ慣れてなくてっ。一人で帰れと言われたらどうすればいいか……」

「そうか……そういうことならいいが、どうする？　全員で行くか、それとも分かれて行くか」

アールはリィズとともに頷きを返す。セティも彼女らが同行するのに異存はないようだ。

「じゃあ……改めて、よろしく頼む」

右手を差し出すと、アールはそれを見てしばらく固まった後、慌てて手甲《てっこう》を外し、右手を伸ばしてくる――しかし。

「っ……」

ちょん、と触れただけで引っ込めてしまう。フードの奥の顔も真っ赤になっているように見える――男性が苦手とか、そういうこともあるのか。

「……ま、まだ私の力を見せていないし、握手は早い。全て終わった後にすべきだろう」

「わ、悪い……そうだな、一理ある。リィズもよろしくな」

「わたくしとは握手とかそういうことにはならないんですのね……ではセティさんと」

「よろしくお願いします、お二人とも」

「ははは……兄さんたち、恐ろしく強《つえ》ぇのに戦ってねぇ時はのんびりしてるんだな」

ずっとその場にいた彼にも、妙なやり取りを見せてしまった――気を引き締め直して、階層主の潜むと思われる場所を探すとしよう。

6　闇の洞窟

三層に向かう経路からそう外れていない場所にある洞窟――すでに場所が把握されていて内部の探索も終わっていそうなものだが、そこに階層主がいるというのは入り口に近づいただけで感じ取れた。

「さっきの魔獣……階層主の分体が、同じように冒険者を襲った。木が薙ぎ倒されているし、この粘液はおそらく分体の体組織だな。時間が経ってほとんど透明になってるが」

「ファレル殿はこの階層主のような魔物と戦った経験があるということですか？」

「断定はできないが、ローパーの類に特徴が似ている。階層主っていってもその辺りに棲息している魔物と全く違う個体ってわけじゃなく、既存の魔物が変異を起こしたようなものの場合がほとんどだ」

「ローパー……わたくしにとっては因縁の魔物ですわね……っ」

「そうなんですか？　リィズさん、少し震えているみたいですけど」

「い、いえっ。昨日ちゃんと魔法を使えるようにお祈りなどをしてきましたし、足を引っ張るだけではない……と思うのですが……」

それでもやはり震えているリィズ——僧侶の帽子を引っ張って深く被ろうとするその姿を見ると、多少心配ではある。

「だ、大丈夫です。まだお見せしていませんが、わたくしもこの通り、棍棒《こんぼう》を使った格闘の経験はありますし」

「しかし軟体の魔物では打撃が通りにくいのではないか？」

「大丈夫です、その時はその時です。決して迷惑はかけません、ですから……」

「腹を括《くく》ってるならそれでいい。できるだけ守るが、修羅場になる覚悟はしておいてくれ」

「は、はいっ……ありがとうございます！」

リィズが勢い良く頭を下げる——やはり帽子が脱げないようにしっかり押さえているが、帽子を取れない理由が何かあるのだろうか。

「……やはり、この方は……度量の広さもお変わりない……」

「ん……何か？」

「い、いや……何でもない。先を急がなければな」

「洞窟の中は何があるか分からないから、あまり先行しすぎないようにな」

「はい、ファレル様」

「了解した、ファレル殿」

セティの返事が素直なのはいつものことだが、アールの方もそれに近い受け答えをする——まだ会ったばかりなので、どうにも不思議だ。

「やはり暗いな……カンテラを使うか」

「あっ、早速お役に立てる時が来たようですの。洞窟内でも周囲の状況が分かるようになる魔法を使いますわね。光よ、闇を照らし我らを導きたまえ……『女神の眼《ブライトネス》』」

リィズが詠唱《えいしょう》を終えると、暗い洞窟の中が明るく見えるようになった――光を発生させると敵に気づかれるので、闇をものともしない視界を借りているという感覚だ。

「『女神の眼』か……僧侶魔法は凄いな、やっぱり」

「わたくし自身は、夜目が利《き》くのでこの魔法はあまり使わないのですが。お役に立てて光栄ですわ」

「ずっと緩やかに下っていくようだ……皆、足元に気をつけて……ひゃぁっ！」

アールが足を滑らせ、近くにいたセティにしがみつく。セティは咄嗟に彼女を手で支えると、特に困った様子もなく微笑んでみせた。

「僕で良かったらいつでもつかまってください」

「っ……やはり、貴君もさる者ということか。この突然のことにもかかわらず私の身体を受け止められる、安定した体幹……只者《ただもの》ではないな」

「セティは確かに強いが、アールも腕は立つんだろう。そういう目は利くつもりだ」

「そうなんです、アールさんはここに来るまでも魔物を一刀で斬り伏せてきていましたから」

「こちらを喰らおうと襲ってくる魔物ばかりは、斬らなければ仕方がない。できれば標的のみに集中したいのだがな」

アールが持っている剣はブロードソード——彼女の体格からするともう少し軽い剣の方が合っていそうだが、かなりの重量のものを使っている。

「……アール、いつもはもう少し軽い剣を使っているんじゃないか？」

武器の重量のために、足捌《あしさば》きにも影響が出ている——そう見えたが、アールはこちらを見て笑ったようだった。

「この剣を使い始めて何年も経つ。いつもは迷宮の中ではなく、平地で振るばかりなのでな……こういった場所での訓練もしておくべきだった」

「いや。すまない、不躾《ぶしつけ》なことを聞いたな」

「気にしなくていい。この大迷宮においては、貴公の方が大先輩なのだから」

「っ……ファレル様、道が途切れています」

セティに追いついてみると、どうやら崩落があったようで、地面が抉《えぐ》れている。

この崩落によって別の地下空間に繋がり、今まで確認されなかった階層主が出てきた——推論ではあるが、状況的にそう考えていいだろう。

「み、皆さんっ……崩れたところから、だ、誰か、上がって……っ」

リィズがそう言った時には、全員が身構えていた。

——グレッグとオルセン、そしてクリム。三人の姿を模した黒い人形が、こちらに向かって歩いてきている。

「……見つ……けた……今、行く……」

「クリム……逃げるんじゃ……逃げな、ければ……」

「ファレルさん……助けて……私、まだ死にたく……」

三人が実際に発した言葉を真似てでもいるのか――口のない黒い人形が声を発する姿に、誰もが絶句している。

「……囚えられている者たちを弄《もてあそ》ぶか。そういった輩《やから》ならば、加減はせぬぞ」

「皆、あれは階層主の作り出したものだ。本物の三人はこの洞窟の奥にいる」

「必ず助けます……っ、こんな偽者を作るなんて……っ！」

セティはショートソードを構えてグレッグの偽者に斬りつける――だが繰り出した斬撃が届く前にグレッグの姿が崩れ、反撃の触手が襲いかかる。

「くっ……！」

「――おぉぉぉぉっ！」

オルセンの偽者に向けて、大剣を突き出す――やはり攻撃が当たる前に形が崩れ、体組織が触手に変化して反撃してくる。

「賢《さか》しいことを……ならば……っ」

アールの繰り出した薙ぎ払いは、同時に水の飛沫《ひまつ》を散らす――斬撃だけでは怯《ひる》まない黒い人形が、初めて姿を変えることができずに切り裂かれた。

それでも決定打には至らない。両断されたクリムの偽者はすぐに再生する――そして。

「きゃぁぁあっ……!!」

リィズの悲鳴――振り返ると、天井から落ちてきた黒い塊《かたまり》が、別の冒険者の姿に変わるところだった。

「リィズッ！」

助けに入るにも間合いから外れている。触手による攻撃を阻止できない――そう思った瞬間だった。

「女神の祝福よ、魔を払う光となれっ！」

リィズは俊敏な動きで触手の攻撃を回避し、光り輝く棍棒で目にも留《と》まらぬ連撃を繰り出す――黒い人形が吹き飛び、再生することもなく、ぐにゃりと力が抜けたようになる。

「あ……み、皆さんっ、わたくしの魔法で何とかなるみたいですっ！」

「でかした……っ！」

「ありがとうございます……っ、これで……！」

「リィズ殿、このような魔法を……かたじけない！」

リィズが魔法を唱え、俺たちの武器が輝きを纏《まと》う。三者三様の攻撃を浴びた偽者たちは、グレッグたちに擬態する力をなくし、再生を止めた。

7　岩壁の魔物

グレッグたちの偽者が上がってきたのは、ほぼ崖に近い岩壁だった。

「ここを降りていくが、みんなは大丈夫か？」

「はい、大丈夫だと思います。僕はほとんど取っ掛かりがない壁でも登れますし」

「わたくしも大丈夫です、身のこなしは軽い方ですから」

「私も問題はないが……このままの格好では邪魔になりそうだな」

アールは外套《クローク》を脱ぐかと思いきや、フード以外を外した――軽装状態になったアールを見て、リィズは服の裾《すそ》を捲《まく》り上げる。

「……………」

「おおっ……セティ、どうした？」

セティが無言で目の前にやってきて俺の目を塞《ふさ》いでくる。これは見るなということだろうか。

「セティ殿、そのようなことは……ファレル殿の目には一切の邪念がないのでな」

「ああ、こんなはしたない格好を……神よ、お赦《ゆる》しください」

自分からやっておいてそれなりに恥ずかしいのか、リィズはすらりと伸びた白い脚を気にしている――細いことは細いが、僧侶《プリースト》にしては引き締まり、しなやかさを感じさせる筋肉をしている。

「すみません、大根のような脚を見せてしまいまして……」

「いや、大根どころか……さっきの動きも驚いたが、かなり格闘戦に慣れてるな」

「わたくしの故郷では僧侶は武器を取り、隣人を守るために戦うものですから」

「魔法も使えてあんな動きができるのは凄《すご》いです」

「セティも魔法剣士になれば魔法は使えるぞ。習得できる魔法には個人差があるけどな」

「私は魔法剣士ではないが、精霊魔法を使うことができる。先程は水の精霊の力を借りた技を使ったが、有効な属性とは違うようだな」

先程アールが剣を振るった時の水飛沫《みずしぶき》はそういうことか——彼女も敵の弱点を探ってくれていたようだ。

「リィズの魔法は敵の再生を封じられるから、それがあるとないとでは大きく変わる。あと何回使える?」

「ええと……す、すみません。感覚的なことしか分からないのですが、あと三回ほどかと」

「使用回数を回復するには、祈ればいいのだったか……」

「はい、まず冷たい水を張ったお風呂を用意しまして、水を被りながら携帯用の女神像に向かって祈りを捧《ささ》げるんです。それ以外ですと、祭壇に供物《くもつ》を捧げるなどですね。あとは一晩休むだけでも少し回復はします」

「そいつは大変だな……」

冬場は辛《つら》いだろうとか、そういう脱線は控えることにする。とにかく、リィズの魔法を全員にかけることはもうできないし、使用する場面はよくよく考えなければならない。

「セティ、ここは俺が先に行こうか」

「いえ、大丈夫です。僕、リィズさん、アールさん、ファレル様という順番で進むのはどうでしょうか。僕とファレル様がいざというときに二人を助けられますし」

「なんという気高《けだか》い慈《いつく》しみと友愛の精神なのでしょう……ですがわたくしも簡単にご迷惑はかけませんわ。こう見えても誇り高き……っ」

「……？」

「い、いえ、ファレル様たちのような誇り高き人たちとご一緒できて嬉しいです、と言いたかったのです」

「多少無理があるような……まあいい。私もファレル殿に迷惑をかけぬようにしよう」

まずセティが崖を降りていく――リィズもその後に続く。

岩壁を少し降りたところに、壁際《かべぎわ》に細い足場がある。道といえるものではないが、壁にしがみついてひたすら降りていくよりは安全だろう。

「すごい……とても広い空洞ですね」

「ああっ、岩にぬるっとした部分が……かぶれたりはしないようですが、何なのでしょう」

「そう言われると私もあまりいい心地はしないのだが……ん……？」

すぐ前を進んでいるアールが立ち止まる――彼女の右手が触れている壁、その上に何かいる。

「……洞窟蟲《どうくつちゆう》……！」

「っ……ひぁぁぁっ……!!」

アールが何気《なにげ》なく頭上を払おうとして、壁に張りついていた大きなダンゴムシのようなものに触れてしまう――いきなり壁からポロリと落ちて、アールの首元にひっつく。

「とっ、ととっ、取っ……ひゃぁぁぁっ……！」

「っ……ア、アール。取れたぞ」

後ろにいる俺に抱きついてきたので、首の後ろに手を回して蟲《むし》を引き剝《は》がす。わさわさと足を動かす洞窟蟲だが、攻撃の意思はないようなので逃がしてやる。

「はぁっ、はぁっ……あ、足の多い虫だけは駄目だ……ぬめぬめも、硬いのも、猛獣でも怖くはないが……」

「こんな足場であれが出てくると驚くよな……大丈夫か？」

「う、うん、大丈夫……はっ……！」

俺に抱きついていることに気づくと、アールは足場の問題もあってそろそろと離れ、無言で先を進み始めた。

「大丈夫ですかーっ、もうすぐ広い足場がありますよーっ」

「セ、セティさん、そのように大きな声を出しては……っ」

「あっ……そ、そうですよね。魔物に気づかれてしまいますし……」

そんな会話が聞こえるが、さすがにオドオドしすぎだろう——と思った矢先。

バサバサッ、と羽音が聞こえてくる。数日前に依頼を受けた時、嫌というほどに聞いた——バンパイアバットの羽音。

「こんなところで……っ、みんなとにかく進め！　ここで戦うのはまずい！」

「わ、わたくしの血なんて美味《おい》しくありませんわ……っ、ああっ、やめてくださいませっ……！」

「ファレル様っ、横穴がありますっ！」

セティが見つけてくれた横穴に飛び込む――最後に入った俺は、侵入してこようとするバンパイアバット数匹を摑み取って、闇の中へと放り投げた。

「……セティさん、今何かおっしゃいましたか？」

「いえ、僕は何も……」

「穴の奥から聞こえてくる……ような……」

アールが振り向いた先には――穴の奥に鎮座する、巨大なカエルの姿があった。

「ゲコォッ！」

「きゃああっ……ヌ、ヌメヌメは駄目……っ」

カエルの伸ばしてきた舌に搦め捕られ、リィズが一口に飲み込まれる。それだけでは飽き足らずセティにも舌を伸ばしてくる――だが。

「はぁあっ！」

彼はショートソードでカエルの舌を斬る――同時に俺はカエルに駆け寄り、その腹に向かって魔力を込めた掌底《しょうてい》を叩き込んだ。

「ゲロォッ……ゲロゲロッ、ゲロッ……」

吹き飛びざまにリィズを吐き出したカエルは、穴の奥に逃げていく。

「……なんという……リィズ殿、おいたわしい」

アールでも言葉を失う状況――カエルの口に入ってしまったリィズは、粘液まみれになって気絶している。

「私が水の魔法でなんとかしてみよう。セティ殿たちは、穴の奥を調べてみてほしい」

「穴の奥……あの魔物を倒した方がいいってことですか？」

「いや、この穴を通って下に降りられるかと思ったのだが……それは都合がいい考えか」

「……そうでもないぞ。さっきのカエルに魔力を込めた打撃を入れたから、ある程度離れるまでは気配が分かる。どんどん下に降りていってる」

「では、この穴を通っていけば安全に降りられるかもしれないですね……あの足場でコウモリと戦うのは難しいですし」

まずはリィズの粘液まみれの状態をなんとかすることだ——彼女の魔法が必要である以上、気絶したままというわけにもいかない。

アールの精霊魔法で真水を出すことはできるが、それでリィズの粘液を落とすということは、つまり洗った服を乾かす時間が必要ということになる。

野営道具の天幕を収納具《ザック》から出して、視界を遮《さえぎ》る仕切りを作る。その向こうで、アールがリィズの服を洗う——緊急時なので仕方ないとはいえ、幕が薄くて向こう側が透《す》けて見えてしまうため、俺は別の方向を見張っている体《てい》で目を逸《そ》らす。

「水の精よ、清冽《せいれつ》なる水の恵みを……『浄化の水』」

「ひゃぅっ……ま、まるで雨が降ってるみたいですわ……っ」

「少し冷たいかもしれないが、今後のことを考えるとよく洗っておいた方がいい。カエルの消化液がついているかもしれないしな」

「それは大丈夫そうです、口に含まれた直後に助けていただいたので……ああ、こんな時でなければもっと堪能《たんのう》できるのですが」

「この方法で水浴びをするのを好む者は確かにいるな。私もそうだが……」

何でもない話ではあるが、微妙に聞いていていいものかと思う内容ではある。

「…………」

「おおっ……どうした、セティ」

セティが俺の後ろに回って、今度は両耳を塞《ふさ》いできた。

「い、いえ。何でもないですよ？」

「何でもないと言う割にはしっかり耳を押さえているけどな……ちょっと手が冷たいぞ」

「あっ……」

耳に押し当てられた手に俺の手を重ねてみると、冷んやりしている——岩窟《がんくつ》の中は寒くはないのだが、セティの体温自体が低めなようだ。

「武器を握るためには温めておいた方がいいな」

「っ……ファレル様……」

両手でセティの手を包む。こうして見ると一回り小さく、俺の無骨な手と違って指は細い。

「……セティ殿、服を乾かすために火を出してくれるのではなかったか？」

「ひゃっ……は、はいっ、すぐに出しますっ」

セティはすぅ、と息を吸い込み、前方に手をかざしてふっと吐く——すると。

「火の吐息《ブレス》は魔力で燃えているので、煤《すす》が出ないんです」

セティの前方に火球が浮かんでいる――手をかざすと確かに温かいが、薪《まき》を燃やした炎とは同じようでいて、その実同じではない。

「素晴らしい……よほど魔法の制御が優れていなければ、こんなことは……」

そう言いかけて、アールは何かに気づいたようにセティを見た。

「火の吐息《ブレス》……ということは、セティ殿は……」

正体を明かすべきか。そういった場面で、セティは必ず俺の考えを確認する――ここまで一緒に来ただけでも、アールは信頼できる人物だと思える。

「はい。僕は竜人です……角と尻尾は、あまり人に見られないようにしています」

「……そうか。私も他で触れ回るようなことはしない、それは約束しよう」

「ありがとうございます。エルバトスの獣人の人たちも、普段は目立たないようにしているみたいです……」

「俺個人の考えでは、人間も他の種族もわだかまりがなくなればと思うが。思うだけじゃ意味がないのも分かっている」

「それでも、ファレル殿のような方がいることは、種族の関係性にとって良いことだろう。私もそうありたいと思う……王都から来た私がそれを言うのか、と思われるだろうが」

王都――アールの剣筋を見て、感じていたことではあるが。

王都で剣術において主流とされるのは、直剣を使う騎士剣術である。重量のあるブロードソードを使うのは大剣術だが、アールが使う剣術はまたそれとは異なっている。

彼女はおそらく他の剣術を会得《えとく》していて、あえて我流で剣を使っている。

「アール、一つ聞いてもいいか。君はどこで剣を学んで……」

「学んだというほどのものではない。見よう見まねだ」

アールは素《そ》っ気《け》なく言う——瘴気《しょうき》を防ぐマスクをしているので、その表情は分からない。

「……私のことについては、今はいいだろう。リィズ殿、もうすぐ服が乾くぞ」

「ああっ……炎の明るさでわたくしの影がばっちり映っていませんこと？」

「ファレル様には見えていませんので、大丈夫です」

そう言いつつセティが俺の目を覆う——また後ろからだ。

「そ、そうですか……いえ、そこまでして隠すことでもない気もしていますが……」

「リィズ殿、何か？」

「い、いえっ。本当にすみません、わたくしのことでお手数をかけてしまって」

「大丈夫です、服が濡れたままだと身体が冷えてしまいますから」

そう言いつつも俺の目から手を離さないセティ。どうも、この体勢が気に入っているんじゃないかという気もしてくる。

それにしても火球に意識を向けていなくても一定の位置に留《とど》めたままにできるとは、セティには想像以上に魔法の才能があるようだ。

◆◇◆

逃げていったカエルを追って穴の中を進んでいく——途中でやたら狭いところがあって、体格のある俺だけ通れなかったので、やむなく力業《ちからわざ》で穴を広げることにした。

「——おぉぉっ！」

魔力で全身と剣を覆って放つ『スパイラルチャージ』——大剣を螺旋《らせん》のように捻《ひね》って撃つことで、硬い岩盤でも削《けず》ることができる。

「一撃でこのような大穴を穿《うが》つなど……ファレル殿の剣技、そして膂力《りょりょく》は凄《すさ》まじい……」

「普通の剣だと一発で駄目になるから、この鈍《なま》らじゃないと撃てないんだけどな」

「鈍らとは言うが、ファレル殿の魔力で剣を覆えば斬れ味は出せる。あえて重量があり、頑丈な剣を選んでいるのではないか？」

「まあ、そうだな……大迷宮じゃこれがちょうどいい。長く使ってるしな」

広げた穴を通ると、そこはかなり急勾配《きゅうこうばい》の下り坂だ——ここはまず俺が滑っていった方がいいだろう。

「安全を確認しつつ降りる。みんなは後からついてきてくれ」

三人が頷《うなず》く——セティは自分が先行したそうだが、いつも彼に任せきりではいけない。

「（っ……どうやってこんな穴が開いたんだ……！）」

穴に入り、坂を滑り降りる——つづら折りのように曲がりくねる坂を進みながら、目につく尖《とが》った岩などを砕き、後続が負傷しないようにする。

「うぉぉっ……!!」

坂が終わり、岩壁の穴から転がり出る――幸いにも落ちた先は苔《こけ》むしていて、落下の衝撃を緩和してくれた。

「ふぅ……皆、降りてきても大丈……」

立ち上がって、穴に向かって声をかけた直後――後をついてきていたリィズがまず飛び出してきた。

「――ひぁぁっ！」

「な、なんのっ……！」

飛び出してきたリィズを受け止め、回転して勢いを殺しつつ降ろす――まさか後の二人も、と思ったが、そのまさかだった。

「くぅっ……！」

「これしきっ……！」

次に飛び出してきたアールを受け止める――同じ要領で降ろせたが、まだ油断はできない。

「ひゃぁぁっ……！」

セティは穴から飛び出す時に自分から飛ぼうとしたようだが、そこで足を滑らせて突っ込んでくる――なんとか受け止めるが、肩に担《かつ》いでいるような格好になってしまう。

「す、すみません……目がぐるぐる回ってしまって……」

「いや、俺も警告すべきだったが、自分のことで手いっぱいだった……しかし、どうやら崖の下までは来られたみたいだ」

リィズとアールも起き上がる——そして、俺たちは同じ方角に目を向ける。

この奥に、何かがいる。そこまでの道を阻むように、暗闇の中に二つの人影が見えた。

「……ガディ……そして、シーマか……！」

階層主が作った黒い人形ではない。本物のガディとシーマ——だが、二人が正気を保っていないことは、その身から発せられる殺気から明らかだった。

8　狂戦士と神官

あの黒い泥濘《ぬかるみ》に飲み込まれた後、階層主のもとに転移したのか——俺たちが来るまでにガディとシーマに何があったのか、それは想像が及ばないが。

ここからではまだ距離があり、二人の顔の半分、そして立ち姿しか見えない。

「クッ……ククッ……おっさん、あんた本当にお人好《よ》しなんだな……こんなところまで、捕まった奴らを助けに来たってかァ」

ガディとシーマは、武器以外何も手にしていない。防具が失われている。

その代わりに、全身に黒い皮膜のようなものが貼りついている。陶磁器に釉薬《ゆうやく》をつける時のように、階層主の黒い体組織に首以外浸《つ》かり、そのまま引き上げられたかのような状態だ。

「黒い人形を作り出すだけでなく、生きている人間を操ることもできるということか……」

アールが腰に帯びた剣に手をかける。ガディたちとリィズを結ぶ射線を遮《さえぎ》るように立っている——前衛としての意識が徹底されている。

「おい、俺のことを忘れちまったのか？　俺はよく覚えてるぜぇ、あんな目立つところで恥かかされちまってよォ……」

「……余計なことを話している場合ではありません。あの方に危害を加えんとする者は、排除しなければ」

「……ん？　よーく見たら、ガキの他に女が二人も増えてるじゃねえか。おっさん、あんたも隅に置けねえなあ」

「ファレル様や皆さんを侮辱するような発言はやめてください」

セティが前に出る——その言葉を聞いたガディの口元が吊り上がる。

「俺が何を言うかは俺が決める。今はいい気分なんだ……ジュノスの奴もそのうち出し抜いてやれる。力の使い方を理解するってのは気持ちがいい……なあ、シーマ」

「……今だけは同意しましょう。ジュノスにも理解してもらうべきです、この感覚を」

ジュノスに従っているように見えた二人の言動がこれほど変わるとは——階層主による催眠か、それとも精神の侵蝕《しんしょく》とでも言うべきものか。いずれにせよ、説得で正気に戻せるとは思えない。

「か、彼らは何を言って……魔物に従わされているんですか？」

「あの状態でも、特級パーティのメンバーだ。手加減できる相手じゃない」

「ククク……そうだよなぁ、あんたは俺に対して『手加減』していた。だがそんなことは今となってはどうでもいい」

ガディが戦斧《せんぷ》を構える。今まで見えていなかった、もう半分の顔が見える。

ガディの顔の半分は黒い皮膜で覆われ、その瞳は血のように赤く染まっていた。

「あんたじゃその女どもは手に余るだろう。置いてけよ……大丈夫、悪いようにはしない」

「断る。今の自分の顔を鏡で見てみろ……俺でも少し引くくらいだ」

「――抜かせっ！」

速い――最初の一歩がすでに街で見たガディの動きとは違う。

「ズァァァァッ!!」

獣のような雄たけびとともに繰り出される戦斧――大剣で受け、さらに勢いを殺すために大剣の背に手を当てて押し返す。

「っ……！」

筋力を一気に注《つ》ぎ込まされる――苔むした地面に踏ん張った足が沈み込む。

「ははははっ、なんだ、そんなもんか……！」

「――そいつはどうかな」

魔力によって筋力を瞬間的に強化し、ガディの戦斧を弾《はじ》くように押し返す。

「がっ……ぐほぁっ！」

すかさず蹴りを繰り出し、ガディのガードが浮いたところを狙う――腹に蹴りと同時に魔力を叩き込む。先程のカエルと同じ要領だが、ガディは下がりながらもまだ立ったままでいる。

「くっ、くくっ……この鎧《よろい》には通じねえ……そして……！」

「――ファレル様っ！」

ガディの身体に貼りついた皮膜が生き物のように動き、蹴りを入れた瞬間に針状に変化した――しかし。

「――うぉぉぉおっ!!」

「なっ……！」

俺は黒い針の反撃にも構わず、そのまま突進して大剣による突きを繰り出す。『スパイラルチャージ』――先程岩盤を穿《うが》った技を、人間相手に見舞う。

「ぐぉぉぉぁぁっ……!!」

回転しながら叩きつけられる大剣――それをガディは戦斧で受け、そのまま地面を削りながら大きく後退し、最後は吹き飛んだ。

俺のブーツは特別製で、簡単に貫通されることはない。迷宮探索でこんな重い靴を履《は》くのは俺くらいだが、険《けわ》しい地形を踏破《とうは》するには何より頑丈な靴が必要だ。

「まったく……猪突《ちょとつ》猛進で困りますね、殿方《とのがた》は」

シーマは加勢しなかったのではなく、詠唱の途中だった――俺の足元に魔法陣が生じ、急激に集中力が削《そ》がれ、戦意を奪われる。

「これはっ……神官でありながら、このような魔法に手を出すとは……っ！」

「神官としてではなく、私は生き残るために魔法を行使しているのです」

感情というものがおおよそ感じられない、そんな印象はあったが――初めてシーマが薄く笑みを浮かべている。いつも眇《すが》められていた目が、陶然とした喜色《きしょく》を帯びている。

「そんな見すぼらしい装備をしているから、正しい評価ができていませんでしたが、あなたは戦士としては価値があるようですね」

「……光栄だとでも言っておくところか？　ゴミを見るような目をしていたあんたが、随分《ずいぶん》と変わるもんだな」

「力を隠していたあなたに言われたくはないですね」

全く悪びれる様子はない――そして、シーマの片目には魔法陣のようなものが浮かび上がっている。俺の足元に現れているものと同じだ。

「ですが、いい機会です。あなたの仲間にも見せてあげましょう……和解するのはこれからでも遅くありません」

シーマが使っているのは相手を支配する魔法――神官の魔法には含まれないはずのものなので、彼女が独自に習得したものだろう。

そして和解というのはどんな意味なのか。シーマの身体を覆う黒い皮膜が溶けて、その下にある白い肌が現れる。

だが、彼女の目論見《もくろみ》には落とし穴がある。

俺にはシーマが自信を持っている魔法が完全には効かないこと。

そして――俺の仲間たちが、この状況を放っておくわけがないこと。

「――いい加減にしてくださいっ！」

セティの声とともに、飛んできた火球が炸裂する――黒い組織が手のような形に変化し、火球からシーマを守る。

「その程度の炎で、あの方からいただいた『生きた鎧』を破ることは……くふっ……!?」

シーマが悠然と答え終える前に。

アールが光り輝く手のひらで、掌底をシーマの脇腹に叩き込んでいた。

「あ、あなた……いつの、間に……」

「勝手に勝ったと思わないでもらえるだろうか。私も、リィズもいるのだぞ?」

「生……意気なっ……」

黒い組織が針のように変化し、アールに反撃しようとするが、彼女はその攻撃を剣で弾きながら後退する。

「――ははははぁっ！　こんなもんで終われるかよ……皆殺しにしてやる……！」

「なかなかしぶといな……リィズ、あの魔法を頼む。ここは押し通るしかなさそうだ」

「はいっ、ファレルさんっ！」

俺たちを侮《あなど》っていたガディとシーマが、純粋な殺気とともにこちらを見ている。

階層主まで力を温存するべきだが、彼らとの戦いで手を抜くこともありえない――ここもまた正念場《しょうねんば》だ。

9　激戦

ガディの身体を覆っていた黒い皮膜が、戦斧に移動していく――攻撃に特化しようとしている。

「はははっ……我ながら化け物じみてるが……さすがにこいつは防げねえだろうなあ、あんたでも」

「試してみるか？」

「っ……!!」

ガディの怒気が増す――挑発する気はないが、やってみなければ分からないとしか言いようがない。

「中級冒険者風情《ふぜい》が、俺に勝っていいわけがねえだろうが……っ！」

「……戦いの神トゥールよ、彼《か》の者の怒りを炎に変えよ」

シーマが詠唱を終えると、ガディの身体を黒い炎のようなものが包み込む。

「消し炭も残さねえ……ひゃはぁっ！」

「ファレル様っ……！」

ガディが戦斧を振りかぶりながら突進してくる。間合いの外で振り下ろされた戦斧の刃が、三つに分かれる——そしてそれぞれが黒炎を纏《まと》っている。

俺に黒炎を浴びせかけ、怯《ひる》んだところに戦斧を叩きつけるつもりだろう。

本来のガディならば使わなかっただろう戦法。だからこそ思う——本気で戦士として俺の前に立ったなら、もっと違う戦いになったのかもしれないと。

「——大剣一刀。『風迅《ふうじん》』」

構えた大剣を振り抜き、回転する——生じた豪風は黒炎を逸らし、さらに回転することで炎は巻き上げられて拡散する。

「なっ……んだ、その技は……で、出鱈目《でたらめ》だ……っ、人間業《わざ》じゃ……！」

「特級っていうのは、人間を超えてると思っていたんだがな」

「——ふざけるなぁぁぁっ！」

戦斧による強襲——しかし、炎を浴びせた後の追撃でなければただの一撃に過ぎない。

ガキン、と大剣の刃で戦斧を受ける。黒い皮膜がどろりと溶け、大剣に絡みつこうとする——ガディが笑みを浮かべ、そして。

「——リィズ、頼む！」

「女神の祝福よ、魔を払う光となれっ！」

リィズのかけてくれた魔法が大剣を光で包む——大剣の刃に絡みついていた黒いものが焦《こ》げるような音を立てて、逃げるように離れていく。

「馬鹿……なっ……」

大剣の刃が食い込んだ戦斧に、大きく亀裂《きれつ》が入る。瞬間、大剣の背に拳を入れると、戦斧の刃が破砕される――。

「――うがぁぁぁあっ！」

最後の意地なのか、ガディが殴りかかってくる――しかし感情に任せた拳を躱《かわ》すことは難しくはない。俺は大剣を地面に突き刺し、拳を構える。

「――ふっ！」

「んぐぉっ……お……おぉ……」

交差して繰り出した拳がガディの顔面を捉《とら》える。顔を覆っていた皮膜は、光を纏った拳で殴れば再生できず、ひび割れてパラパラと崩れていく。

膝をついたまま動かないガディ――眼球はぐりんと上を向き、気を失っている。

「ここまでですっ……！」

「――はぁあっ！」

「くっ……！」

シーマはセティの火球を防御魔法で防いだ直後に、アールの繰り出した斬撃で杖を斬られる。

「こんなところで……下賤《げせん》の者たちに、敗れるわけには……っ！」

捨て台詞《ぜりふ》を残して、シーマの姿がかき消える――足元には魔法陣の痕跡が残っている。どうやら転移したようだ。

「三人とも、よくやってくれた。見事な連係だったな」

「正直なところ、ファレル殿の戦いに目を奪われてしまっていたがな。あのシーマですら呆然としていたほどだ」

「戦いの最中に気を逸らすとは、特級の審査には見直しが必要なんじゃないか」

「いえいえいえ……ファレルさん、ずっと謙遜《けんそん》ばかりしていますけれど。特級パーティの人に魔物が取り憑《つ》いちゃってもっと強くなっているみたいなのに、明らかに全然相手になってなかったですわ……っ！」

「そうか……？」

「普通は大剣術で風を起こすなど考えられない……片手剣を回転させて攻撃魔法を防ぐという技はあるが、そういったものとは根本的に違う」

アールは驚きを通り越して呆れているという様子だ。俺にも、自分の技について全て説明することはできないので、頬を掻くしかない。

「ファレル様はやはりお強いです……剣技が理屈を超えているというのでしょうか」

「そう言われても何も出ないが……とりあえずその話は置いておいて、今は先に進もう。グレッグたち、それに他の冒険者も階層主に捕まっているはずだ」

「この人はどうしましょう……？」

「階層主を倒すまでは、意識を取り戻せば敵に回る可能性がある。今は進むしかあるまい」

アールはそう言ってガディを一瞥《いちべつ》する。気絶しているかと思ったら、何かうわ言を漏《も》らしているが——その内容を聞いて、苦笑するほかなかった。

「……怪物……怪物だ……人間の形をしたバケモンだ……」

それをお前が言うのかと突っ込みたくなるが、そんなことをしている場合でもない。

『女神の眼《ブライトネス》』は本当に優秀な魔法で、まだ視界が維持されている。本来なら真っ暗だろう道を進むことができる——そして。

俺たちは前方の広間に、幾つもの柱が立っているのを目にする。

その一本ごとに囚われているのは、冒険者たち。彼らから何かを吸い上げて、自身の身に蓄えているのは——全身を黒くぬめる粘液に覆われた、巨大な蛸《たこ》のような魔物だった。

黒い粘液を纏う蛸——若い頃に海を渡る時、大蛸に船が襲われたことがあった。その触手は筋肉の塊のようなもので、凄まじい怪力に舌を巻いた。

だが斬撃が通り、全ての足を切ってしまえば無力化できる。ヌメヌメとした表皮で刃が滑らされるので、あの時は船に同乗していた魔法士の力を借り、炎魔法を浴びせてから斬りつけた。

「——セティ、火の吐息《ブレス》を頼む！」

「はいっ……すぅぅっ……！」

思い切り息を吸った後、セティが火球を放つ——だが蛸の足で胴体に届く前に防がれる。

そして蛸足の纏った黒い粘液には、炎が通じない。さっきの戦闘でも分かっていたことだが、火は一瞬怯ませる程度しか効果がない。

「うぉぉぉぉっ！」

魔力を込めた大剣を地面に突き立て、破砕した岩塊《いわくれ》のつぶてを蛸に向けて飛ばす——それも全て触手で防いだ後、蛸の目が僅《わず》かに細められたように見えた。

（笑っている……取るに足らないということか……！）

反撃の触手が次々に襲いかかる――後退を余儀なくされるが、これではいつまでも本体に攻撃が届かない。

――ゾクリ、と。

背中を走り抜けるような悪寒《おかん》。黒い泥濘《ぬかるみ》の中に沈むガディとシーマ、その光景が脳裏に過《よぎ》る。

「――みんな、下だ！」

「くっ……！」

俺とセティは辛《かろ》うじて『それ』から逃れる――足元に突如《とつじょ》として黒い泥濘が生じ、中から触手が飛び出してくる。

しかし俺たちの動きを見た後で反応した二人は、飛ぶのが一瞬遅れてしまった。

「リィズ殿っ！」

「きゃっ……ア、アールさんっ……！」

アールがリィズを突き飛ばした直後、その足元の泥濘から数本の触手が飛び出す。アールは剣を握る手に絡みつかれて武器を奪われ、四肢の自由も奪われてしまう。

「くぅっ……うぅ……」

「ファレル……無駄だ……」

聞こえてきた声はグレッグのもの。触手に捕らえられて人柱にされたグレッグ――その身体を借りて、別の誰かが語りかけてきている。

『誰か』に該当《がいとう》する者など一つしかいない。俺たちが相対《あいたい》している階層主だ。

「ファレルさん、皆さんも……私たちと一緒に……」

「う……うぅ……いかん……ファ、ファレル……わしらに構わず……逃げ、ろ……ぐぅぅうっ……！」

オルセンだけが正気を保っている――しかしその発言を罰せられるように、苦悶《くもん》の声を上げる。触手によって締め上げられているのだ。

「……や、やめろ……っ、貴様ぁ……っ！」

アールの被ったフードに、そしてマスクに触手が這《は》い寄っていく。首に突きつけられた触手は刃《やいば》のように鋭く形状を変えている。敵は俺たちを脅《おど》しているのだ。

「くっ……！」

「うぅっ……こんな、卑怯《ひきょう》なことを……っ」

俺とセティ、リィズにも触手が絡みついてくる。黒い大蛸はもはや明白に笑っている――絡みつかれただけで、力を吸われているのが分かる。

そして俺を持ち上げると、大蛸は触手に隠されていた口を見せる――牙だらけの、凶悪な大口。

口の中に入れたが最後、内側で全身の魔力を爆発させる。このまま全員が食われるのを待つほど、諦《あきら》めがいい方ではない。

だが、まさに俺が食われる寸前に。

「ファレル、さまにっ……」

背後で、閃光が瞬《またた》く。

振り返ると――セティの全身が、バチバチと稲光を纏っている。

落雷の後に見つけた光る果実。セティがそれを食べた直後、俺が見たものは、気のせいなどではなかった。

「――ファレル様に、これ以上触れるなっ！」

その言葉が、詠唱の役目を果たしたように――セティの身体を中心に、青白い雷が炸裂する。

「――ギュォォォォ……ォォォォ……!!」

これまで声を一切発しなかった大蛸が、苦しんでいる――セティに絡みつけた触手を通して電撃が伝わっているのだ。

黒い大蛸の弱点は雷だった。セティの制御下にある魔法の雷は、仲間の俺たちにとっては害ではなく、力を与える――大剣が、雷を帯びている。

「あなたのように神の教えに背《そむ》きすぎている魔物は、ここで退治させてもらいますわっ……！」

リイズも触手に絡みつかれたせいで、僧侶の装束《しょうぞく》がそこかしこ破れている――それだけに、怒りは相当なものだ。

「まったく同感だ。貴様のような乙女の敵は、一秒たりとも生かしておけない！」

アールが剣を構える。彼女の剣も雷を帯びている――危機を悟った階層主は、再び自身の纏った黒い粘液で、見知らぬ戦士の姿を模倣して実体化させようとする。

「最後に頼るのは捕らえた人間の力か……だが……！」

弱った状態の階層主では、再現される戦士も不完全で、人間の形を取ろうとするだけの木偶《でく》に過ぎない。

「――はぁぁあっ！」

「ギュォォォォアアッ！」

セティが駆け抜け、雷を纏ったショートソードで木偶を薙ぎ払い、階層主に一撃を浴びせる――怯んだ階層主は後退しながら、触手による無数の攻撃を繰り出してくる。

「――直剣・騎士剣術……『驟雨《しゅうう》』！」

アールが雷を帯びた剣で繰り出した連続突きで、触手が跳ね飛ばされていく。

「ファレル殿っ、頼みますっ！」

「――魔を払う光となれっ！」

リィズの詠唱とともに、俺の全身が発光する――そして。

「――大剣一刀。『空牙《くうが》』」

地面を蹴って水平に飛び、両手で構えた大剣を振り抜く。『スパイラルチャージ』とは異なる、剣術の師から学んだ技。

「ギュアアアアアッ……!!」

聖なる祝福を受けた雷は、黒い粘液を触れるだけで蒸発させる――そして放たれた斬撃は、階層主の胴体を断ち割った。

階層主の後退が止まる。奴が向かおうとしていた先は、後方にある巨大な甲殻《こうかく》――ここに逃げ込まれていたら、厄介なことになっていた。

「……みんな、無事……」

「ファレル様っ……！」

振り返ろうとしたところで、セティが胸に飛び込んでくる――俺の無事を心底喜んでくれている、そんな顔だ。

「よくやってくれた、セティ……あの光の果実で、雷の力が使えるようになってたのか」

「ファレル様が危ないと思って、無我夢中で……」

「私たちも痺《しび》れるかと思ったが、不思議なものだな。攻撃する相手を選べるということか」

「はぁ～、良かったぁ……ファレルさんが食べられちゃうかと……」

「ファレル殿のことだから、腹の中で暴れるつもりだったのではないか？　それでも生きた心地はしなかったがな、心臓が飛び出しそうな思いをした」

「すまない、心配をかけたな。セティのおかげで助かったよ」

「いえ、ファレル様の一撃でなければ仕留めきれなかったと思います。さっき、洞窟の外で戦った魔物がつけていた甲殻は、あの殻の一部だったんですね……」

セティも巨大な殻《から》の存在に気づいていた。ガディの戦斧が防がれるほどの硬度を持つ殻は、何かの素材として利用価値がありそうだが――この場所から持って帰るのは少々骨が折れる。

今はそれより、捕まっていた人々のことだ。グレッグ、オルセン、クリムは衰弱しているが息がある――他に囚われている人の中には、残念ながら命を落としている者もいた。

「グレッグたちより前に襲われた冒険者たち……彼らの力を吸った後は、自分の配下でも増やそうとしていたのか」

「遺体を回収できれば教会で蘇生はかなう。回収魔法を使える救助隊にここまで来てもらうしか……」

「……ん……」

声が聞こえる――柱から解放された中に、生き残りがいたのか。

先程は黒い皮膜に覆われていたが、今はほとんど裸に近い姿で倒れているのは――シーマ。転移して逃げ出したはいいが、階層主は彼女をも糧《かて》にしようとしたようだ。

「回収魔法を使える神官は希少だが……シーマはどっちだろうな」

「はい。彼女なら、問題なく使えると思います」

セティが微笑んで言う。頼れる相棒がこう断言するのなら、期待しても良さそうだ。

10　未知の食材

裸のシーマをそのままにしておくわけにいかず、収納具《ザック》から取り出した非常用の着替えを着せる。俺のシャツが粘液まみれになるが、止《や》むを得ない。

大蛸は残留した魔力が尽きるまでは腐敗が始まらない。これは迷宮内の魔物全てに言えることで、魔力が尽きると瘴気《しょうき》を吸い込み始めるため、瘴気を防ぐ『祝福の紙』で包まなければすぐに駄目になる。

「……精気を吸い続けるために、遺体を綺麗なままで保存していたのか。まったくぞっとしない魔物だな」

触手が人間に絡みついてできた人柱から出てきた遺体は綺麗なままだった。階層主たちにはこういった傾向があり、冒険者を捕らえた場合、何がしかの目的に利用することが多い。

そういった意味では、徘徊《はいかい》している獰猛《どうもう》な魔物の方が厄介だ。探索者を獲物として見ている魔物と戦い全滅した場合、教会で蘇生できる可能性は低くなる。

「男性が十三名、女性が八名……徽章《エンブレム》やタグなど、身元を判別できるものは残っていないのでしょうか」

アールは遺体を見た経験があるのか、動揺もなく調べてくれている。リィズは少し青ざめていたが、恐れるばかりではなかった。

「こんなにも多くの人たちが、この魔物の犠牲に……神よ、人々に今は安寧《あんねい》の眠りを……」

「リィズ、死霊《しりょう》が寄ってくるのを防ぐことはできるか？　死者に取り憑かれたら戦うしかないからな」

「は、はいっ……聖水がひと瓶でどれくらい持つか分かりませんが、簡易結界を作りますわね」

リィズはポーチから聖水を取り出して周囲に撒《ま》き始める。セティは周辺の探索を行っていたが、何かを持って戻ってきた。

「ファレル様、向こうに小さな部屋があって、そこにいっぱい荷物が置いてありました」

「恐らく捕まった人たちの所持品だろうな」

遺体を回収するのも困難であるため、さっき見かけた回収隊を呼びに行くか――あるいは、転移魔法が使えるような人物の力を借りるか。つまりそれは、気を失っているシーマに頼むということになるのだが。

「もし階層主に捕まっていたら、私たちもこうなっていたかと思うと……」

「そうだな……奴が捕らえた人間に対してまずすることが、装備を解除することのようだからな」

装備を外されかけたことを思い出したのか、アールがフードを深く被り直す。

「……あ……」

セティが言いかけた言葉を飲み込む。シーマが薄く目を開け、ゆっくりと身体を起こした。全く感情が読み取れない表情――得意の毒舌《どくぜつ》でも吐いてくるのかと思いきや。

「……申し訳ありません、お見苦しいところを」

皆が唖然とする――シーマが俺を見るなり、その場に身体を伏せた。

頭を下げているというより、もはやこれは服従だ。そんなことになる理由が思い当たらないので、まず演技かと疑う。

「っ……うぅ……」

ぐぅう、きゅるる。

この音は──俺ではないし、仲間たち三人も顔を赤くして首を振る。

ということは、音の主《ぬし》はシーマしかいない。彼女はお腹《なか》を押さえている──こんな状況でも腹は減るということか。

「……主《あるじ》の命《めい》に従わなければなりませんが、お恥ずかしながら、このままでは動くことができません」

「急に何を言いだすのだ……それに、主とはファレル殿のことか？　さっきまでは階層主に従っていたのに、何故《なにゆえ》心変わりを……」

「階層主がこの人を従わせていたのなら、その階層主を倒したファレル様に、主人が代わったということでしょうか……そ、そんな、ファレル様を主人にするなんて、この人だけは絶対に駄目です……っ！」

「だ、大丈夫だ。俺もよく分かってないしな……それに、これまでのことを考えても全くいい印象がない」

「これまで貴方《あなた》様に取ってきた態度についても、全て撤回させてください……今までの私はどうかしていたのです。利用価値があるとはいえ、あの不遜《ふそん》な男と行動をともにして……」

セティはシーマを睨《にら》んでいるが、今の状態のシーマに対して困惑《こんわく》してもいるようだ。

「……この人が言っていることは、本心じゃない。でも、今のこの人に対して怒っても仕方がありません」

「そうか？　お仕置きの一つくらいしてもいいと思うが……」

「どのような罰もお受けいたします、ですから貴方様にお仕《つか》えすることをお許し……くださいっ……」

話しながらもぐぐぅ、きゅるると音がする――こちらには何の意図もないのに、一種の罰を与えているような状況だ。

「大蛸に捕まると、お腹が空《す》いてしまう……ということなんでしょうか？」

「おそらくそういうことだな。あいつに吸われるのは精気だけじゃないってことだ……魔力もある程度持っていかれたからな」

言っていて、ふと思いつく。

これまで階層主を討伐したパーティの中には、階層主を食べてみたという記録を残している者がいる。それを知った時から、少なからず興味を抱いていた。

複数のパーティを全滅させた怪物。戦いにおいても苦戦させられた――そんな相手を食うという発想は、少々冒険が過ぎるのかもしれないが。

「……奪われた力を取り戻せるかどうか。一部を食っただけでは効果は知れてるが、やってみる価値はあるか」

「っ……この大蛸を、食べる……」

「その発想はなかったですわね……こんなに大きいのですから、大味だったり……い、いえ、知らないのに決めつけるのは偏見というものですわっ」

「ファレル殿がそうおっしゃるのならば、私も腹を括《くく》ろう」

「ちなみに最低限の水と食料も持ってきているから、蛸が不味《まず》かった場合は遠慮なく口直しをしてくれ」

そう付け加えるとアールの目がぱぁぁ、と明るくなる――どうやら蛸を食うのは気が進まないようだ。魔物を食うと言うと、だいたい同じような反応をされるのだが。

「よし、簡易調理場を作るか。セティ、炎は熾《おこ》せるか？」

「はいっ、まだ魔力は十分残っています」

岩を円形に並べ、収納具《ザック》から取り出した金属鍋をその上に置き、油を引く。

解体用のナイフを使って大蛸の足を一本切り取り、さらに空中に放り投げてさいの目状に切り分ける――鍋の中に、一口大の大きさの蛸がパラパラと落ちる。

「なんという……ナイフですらそのような剣技を……」

「まさに達人の域ですわね……」

一挙手一投足を見られていると落ち着かないが、いちいち照れていても始まらないので料理に集中する。

「ふぅっ……」

セティの吐息《ブレス》で火を熾してもらい、塩と香辛料を振って炒《いた》める――その時点で、今まで調理してきた食材とは違うと確信する。

「……こんな迷宮の奥で、美味しそうな炒め物ができるものなのだな」

「鍋を揺する手付きがこなれてますわね……わたくし、料理をしている男の人を見るのって好きかもしれません」

「そうです、ファレル様は素敵なんです……っ」

セティが自分のことのように誇らしそうにしている——俺がまず見たいのはセティが喜ぶ顔なので、照れはするがやぶさかでもない。

「材料が足りないから本当に炒めただけだぞ……一丁上がり。油にも味が染み出てると思うから、パンにつけてもいいかもな」

皆にパンを一切れずつ配る——シーマにも。

「ああ、こんな私にお恵みをいただけるなんて。このご慈悲を生涯忘れません……」

それが本心であったならと思うが、あくまでも一時的なものだろう。そう分かってはいるが、この状況から脱出するにはシーマの協力が必要だ。

「さて……それじゃ早速。いただきます」

『いただきます』

全員の声が揃《そろ》う。先程まで死闘を繰り広げていた大蛸の料理を、俺たちは同時に口に運んだ。

11　黒王蛸の味

蛸という食材は海沿いや港から近い地域では食べられているが、王都においては珍味、あるいはゲテモノとされてしまうこともある。

何しろ見た目が問題だ。そのまま蛸が魔物になったようなものもいるため、蛸を食うのは魔物を食うのと同じだという者がいるくらいである。

俺からすると、蛸は時々食べるにはいいというくらいである。港町でお勧《すす》めのメニューになっていれば頼む確率は高い。だが、あの蛸料理が食べたいからと二度同じ場所を訪ねることまではしない。

その程度の食材だ。俺が作ったのは蛸の漁師炒め――他の食材と合わせずに蛸のみを単体で食べても、まああんなものだろう、リィズが言う通り大味かもしれない、というくらいの気構えだった。

「……海が……」

この迷宮の底で、大海を感じた。

蛸という食材に対する認識が塗り替えられた。歯応《はごた》えは絶妙で、適度に押し返してくるが噛み切る時には小気味よく身がほぐれる。そしてジュワッと旨味《うまみ》が広がる。

淡白で、どちらかといえば食感を楽しむ食材。肉や魚があればそちらを優先して使ってしまうので、蛸に手が伸びるのはいつもと変わったものが食べたい時、肉や魚の脂《あぶら》を少々重く感じる時などの事情がある場合――だがこの蛸は違う。

「これが魔物の……階層主の味。ファレル殿の味付けの加減も絶妙で、炒めた際に出たスープに深い味が染みている……何なのだこれは……っ、あれほど苦戦させられた相手なのに、何故こんなにも……っ」

「ふにゃぁ……実を言うと蛸って初めて食べたんですけど、こんなに美味しいんですのね……魔物を食べたのも初めてですけれど、ファレルさんが食べてみようって言うのも納得の味ですわ。本当に美味しい……」

「……ファレル様っ……な、何か……身体が、熱く……っ」

「っ……お、俺も……駄目だ、めちゃくちゃ熱い……っ」

触手に絡みつかれた時に奪われた力が、そのまま戻ってくる――のではなく。

料理として摂取することで、想像した以上の効果がもたらされる。身体の内側から生じるこの熱さは不快ではなく、むしろ心地良い――しかし困ったことに、この熱さからくる衝動を抑えきれない。

「熱い……っ、身体に活力が直接注ぎ込まれたような……なぜこんなに熱いのだ……っ」

「はぁっ、はぁっ……も、もう駄目です……はしたないですけど、今ばかりは……っ」

「ファレル様……すみません、お見苦しい、ところを……っ」

仲間たちがそれぞれ装備を外し、服をはだけている――それほどにこの熱さを堪《こら》えようがないのだ。

俺も気づけば鎧を外し、上半身裸になっている。それで熱が鎮《しず》められるわけでもなく、全身から湯気を発しながら、さらに料理を口に運ぶ。

「止められない……っ、ファレル殿、貴方が悪いのだぞ、私によくも、こんな美味を……っ！」

「ああ……汗をかくのは苦手なんですけど、この料理だけはどうにもならないですわ。罪深いことです、こんなに後を引いて……っ」

「ファレル様、パンにつけて食べると美味しいっておっしゃっていましたよね……どうぞ、召し上がって……」

「じ、自分で……んぐっ……」

海鮮を炒めた油には出汁《だし》が出ている。セティは少し焦げ目をつけたパンを浸《ひた》し、俺に差し出してくる——油が垂れそうになったので、こちらから行かざるを得なかった。

一口めでこれでもかと襲ってきた旨味が、ギュッと濃縮されている。

そんなことになってしまったらどうなるのか。身体の熱さはさらに限界を超え、辛うじて繋ぎ止めた意識は幸福感にさらわれ、持っていかれそうになる。

「あぁ……罪を犯した私に与えられた施《ほどこ》しとしては、あまりに……神よ、このような至福の境地にいることをお許しください……っ」

シーマはひたすら神に祈っている——せっかく着せた服も脱ごうとして、ぎりぎりのところで自制しているような状態だった。

だがシーマと俺たち四人とでは、料理を食べた後に明確な差が生じている。俺たち四人は身体に光を纏っているのだ。

階層主を倒したメンバーは、特別な恩恵を得られるということか。魔力が失われていない、鮮度の高い状態で食べたことで起きた変化なのか——それは分からない。

「それで……魔法は使えるようになったか？」

「はい、転移魔法はいつでも行使できます。申し訳ありません、あちらに私の仲間がいるのですが……」

「ガディのことなら、連れて帰ってもらって構わない。どんな要領で転移させるんだ？」

「冒険者の遺体を回収する時に使う魔法では、私の魔法の使用回数では足りません。ですので、この場と街の外れにある空き地を繋ぐ転移陣を設置するというのはいかがでしょうか」

「そんなことができるのか……」

そんな魔法を使えていながら、セティを助けようとしなかった——やはり許すことはできないが、こうして俺の言うことに従っているだけでも、正気に戻った時に壮絶な恥辱《ちじょく》の念に苛《さいな》まれることになるだろう。

それが罰代わりでいいのかは、セティの気持ちを尊重したいところだが。彼を見ても、何も言わずに微笑むだけだ。

シーマが転移陣を設置し始める。少し離れた場所でそれを見ながら、セティは横にいる俺の様子を窺《うかが》う。

「あいつらはセティがここにいることさえ気づいてない。セティは、それでも……」

「あの人たちと戦って、ファレル様がガディをやっつけてくれて。それが、凄く嬉しかったから……だから、もうあまり怒れないのかもしれないです」

「……そうか」

「あの二人がこれからどうなるか分かりませんが、きっとすぐに冒険はできません。そうなった時に、ジュノスたちがどう出るか……」

「仲間二人の帰りを待たずに進もうとするか、それとも……転移ができるシーマがいなければ、想定した動きは取れなくなるはずだが。それはおそらくジュノスの誤算だ」

『黎明《れいめい》の宝剣』が何をしようとしているのか。今のシーマからなら聞き出せる――が、まずはグレッグたち生き残りを医院に運ぶこと、見つかった遺体を教会に運ぶことだ。

「……あっ……す、すみません、身体が熱いので、防具を外しちゃったんですけど」

「ははは……俺も外してるけど、あれはヤバいな。美味すぎてこうなるとは」

「は、はい。でも……ファレル様と一緒にもっと美味しいものを見つけるために、頑張りたいです。もちろん、食べることだけじゃないですよ？」

「分かってる。一つずつやっていこうな」

バンダナの上からセティの頭に手を置く。今までは照れるだけだった彼だが――今回は、照れた後に頰を膨《ふく》らませてみせる。

「……子供扱いをしていただかないくらい、立派になりたいです」

今でも十分立派だ――と言うと甘やかしているようなので、ただ笑って頷く。

「本当に仲がいいですよね……見ていてこっちが笑顔になるくらい」

「……まったくだな。正直言って、少し妬《や》ける」

リィズとアールは俺たちの会話には入らずに、微笑ましそうに見ている。時にはこういうのも悪くはない、そう思った。

12 お仕置き

「女神よ、盟約の扉を結び、道を開きたまえ」

転移陣が完成し、シーマが詠唱すると呼応して陣が輝き始める。かなりの魔力を使っているが、それを気にする様子はない。

「準備が終わりましたので、陣の上に置いたものを順次転移させることができます。しかし今の私の力では、階層主全体を範囲内に収めることはできません……申し訳ありません」

「いや、一部だけ持ち帰ることができればいい。これの価値が分かる人がいるなら、その人に直接見てもらいたいところだ」

「かしこまりました。私は一通りの転移を終えましたら、街で待機することになるかと思います。『黎明の宝剣』は、私たちが戻らなければ見切りをつけて先に進むと思いますし……」

シーマはそう言うが、俺にはそうは思えない。条件付きとはいえ迷宮から一瞬で脱出することができるのなら、ジュノスがそれを当てにしていないわけがないからだ。

「今回のことで魔法の使用回数は使いきってしまうでしょうし、そうすると……私の信徒に捧《ささ》げてもらっている『信仰の力』を補充しなければいけないのですが。そういった行為は、きっとファレル様は許されないでしょう」

「……俺はあんたに名乗ったか？　まあ、こっちも知ってはいるからお互い様だが」

「っ……も、申し訳ありません、仲間の方がお名前をお呼びしているのが聞こえたもので……」

「責めてるわけじゃないが。あんたも自分でおかしいと思わないのか、俺たちにこうやって従っていることに」

「ファレル様のお力を、ガディと戦った時に見せていただきましたが。その時には、素直に言って感嘆《かんたん》しておりました。私の支配魔法も通じませんでしたし……この方にならば、ねじ伏せられても文句はないと……」

「あのな……あんたの趣味嗜好《しこう》は知らないが、変な期待を膨らませないでくれるか」

つまり負けたら負けたで喜ぶという、困った人物らしい——俺の言うことを聞いているのも、階層主から支配が引き継がれたからだけではないということか。

「……しかし、ジュノス……リーダーがこのことを知った時に、私はどうなるか……殺されることまではないと思いますが、彼を怒らせると本当に手がつけられないので」

「まあ、その時は俺に相談してくれ。特級パーティを抜けるのがあんたのためになるのかは何とも言えないが、この状況であんたがジュノスから罰を受けるってのも違うだろう」

「ファレル殿、そこまでの配慮を……私はパーティの問題は、パーティ内で解決すべきだと思ってしまっていた」

「いえ、あなたの言う通りです。覆面の剣士様……あなたはラウラと同じくらいには腕が立ちそうですね。そちらの僧侶《プリースト》の方も、本当は魔法より格闘が得意なのでしょうか」

「は、はい……子供の頃からやっていたのは格闘で、僧侶の修行を始めたのは後から……って、なぜあなたに説明しないといけないんですの」

アールとリィズについて触れた後、シーマがセティを見る。瘴気避けのマスクをして角を隠してはいるが、セティの姿を見て本当に何も気づかないものなのか。

「……あなたを見ていると、不思議な気持ちになります。そんなはずはないのに、どこかで会ったような」

やはり、シーマは気づかない。セティがもう死んだものだと思っているから。

セティは何も言わずシーマと向き合っている。自分を見捨てた人間に対して、何を言えばいいのか——その答えは自分自身で出すしかない。

「僕は……あなたに会ったことは、ありません」

「……そうですか。やはり、私の世迷《よま》い言《ごと》だったようですね。ごめんなさい」

それは『見捨てた人間』に対する謝罪ではない。それでも、シーマが他ならぬセティに謝罪することに何かしらの意味がある。セティの様子を見ていると、そう思えた。

「ファレル様はきっと、あなたを優しく導かれているのでしょうね。冒険においても、暮らしにおいても」

「……はい。僕は今、幸せです。ファレル様といられるだけで」

いつかは何かのきっかけで、シーマも事実を知ることになるのかもしれない。だとしても、その時はその時でいい。

『黎明の宝剣』にセティが生きていることを知らせる必要はない。あの連中に関心を向けられることは、しがらみでしかない――セティはできる限り自由であるべきだ。

「お、おい……あんたたち……」

声がして振り返ると、そこにはガディが立っている。あれだけ威勢の良かった男が、今は見る影もなく小さく目に映る。

「……あの化け物を倒したのか？　あんたたちだけで……？」

「ああ。どうする？　今からでも俺ともう一度やるか」

「っ……か、勘弁してくれ……っ、もうあんたに舐《な》めた口は二度と利《き》かないし、街で騒ぎも起こさない。絡んだ店には謝罪する、弁償もする……っ！」

シーマはガディを街に転移させたいと言っていたし、こちらとしても見捨てるつもりはない。

だがそれを知らないガディは、ここで置いていかれたらと恐れているのだろう。

あまりに虫のいい話だ。他者を見下し、害そうとして、そして今は許されようとしている。

「……それでいいと思うか？」

ガディに対してではない、俺はセティに問いかけた。この男をどうするべきか、それはセティが決めるべきことだ。

セティはしばらく俯《うつむ》いたまま――すっと歩きだし、ガディの前に立つ。

「歯を、食いしばってください」

「っ……ま、待てっ、それはさすがに……っ」

セティの手が稲光を纏わせ、バチバチと音を立てる――彼はどうやら、雷の力を制御できるようになったようだ。

怯《おび》えきっているガディ――こちらを見られても、俺に言えることは一つだ。

「甘んじて受けろ。それでようやく、償《つぐな》いの一部だぞ」

「ぎぃっ……わ、分か……ぬわぁぁぁぁっ！」

セティがガディの頬に平手打ちをする――瞬間、雷撃を浴びたガディの全身の骨が透けて見えた。

「……こ、こんなに痛《いて》ぇなら……死んだ、方が……」

「それならトドメを刺してあげましょうか……？」

「ヒェッ……！」

セティに告げられた途端、ガディはガクガクと震え、卒倒《そっとう》して泡を吹き始めた。

「ふぅ……」

「よくやった、セティ。こいつはこれくらいしても懲《こ》りるかどうかだけどな」

「その時は、もう一回お仕置きをします。分かってもらえるまで何度でも」

「セティさん、毅然《きぜん》としていて素敵でしたわ。でもこの方、再起不能になってしまうのでは……」

「話を聞く限り、街でも悪さをしていたようだし……報《むく》いは受けるべきだろう」

「彼の仲間だった者として、私からも謝罪します。そして、ご寛恕《かんじょ》をいただきありがとうございます」

「まあ、本気で脱出しようと思えば一人でも帰れるかもな。明かりもなく、リィズの魔法もなければ真っ暗闇で、普通ならいくらも経たずに恐慌状態に陥るが」

「っ……やはり迷宮とは恐ろしい。ファレル殿といると、学ぶことが多いな」

シーマも言っていたが、アールは特級パーティのメンバーにも遜色《そんしょく》ないほどの腕前を持っている。

そんな人物がなぜエルバトスに流れてきたのか、そして冒険者をやっている理由は何なのか。

そんなことが今になって気になったが、何にせよ話をするのはエルバトスに戻ってからだ。

13　闇の仕事

――エルバトス外郭《がいかく》西区外　貸し切り区域――

大迷宮内部に設置された転移陣に乗り、シーマが詠唱を行うと、一瞬で周囲の風景が変わる。

「っ……ファレル様、ここは……」

「エルバトスの西門外にある、貸し切り区域ってやつだ。そうか、こういう用途にも使えるのか」

本来は宿暮らしで物の置き場所に困っている冒険者などが借りるところだが、ここにあらかじめ転移陣を設置すれば、迷宮内の転移陣と繋いで脱出口に使えるというわけだ。

一緒に連れてきたグレッグたちは気を失ったままだ。リィズの魔法の使用回数が尽きているので、あの場での治療はできていない。

これから医院に運ばなければならないが、エドガーのところは複数人の重傷者には対応できないので、他の医院に当たる必要がある。

「ファレル様、これからどうされますか？」

「セティたちにはグレッグたちの移送を頼みたい。馬車を借りて、近くの医院までと頼めば連れていってくれる。それと、リィズは教会の人間にここに来るように頼んでほしい……できるか？」

「はい、一度ご挨拶《あいさつ》には行っておりますので。そうですね、蘇生の受け入れをお願いしないといけませんし」

「ああ。その間に俺は向こうにもう一度行って、遺体を運び出す。彼らの所持品もあるしな」

「そのようなことを、ファレル様自《みずか》ら……よろしいのですか？」

確かに力仕事ではあるが、俺がやってしまった方が早い。

もともと単独《ソロ》で迷宮に潜《もぐ》っていたし、冒険者の遺体を見つけて三層から運んで上がってきたという経験もある。蘇生した冒険者にはいたく感謝されたが、今も元気でやっているだろうか。

「まあ、人を呼んできて任せるにも時間はかかるしな。シーマ、あと何往復できる？」

「三往復は可能です。階層主の素材などを、価値の分かる方に見ていただくというお話もありましたが、どうされますか？」

「ああ、そうだな……そればかりは、急に呼んでくるのは厳しいか。後日頼んでいいか?」

「っ……は、はい。後日ですね、かしこまりました」

「……?」

シーマの反応が何かぎこちない気がする――と、セティがこちらにやってきて何か言いたげにしている。

「どうした、セティ」

少し身を低くすると、セティは背伸びをして耳打ちしてきた。

「……ファレル様をシーマと二人きりにするのは、僕は心配です」

「大丈夫だ、俺にはシーマの支配は効かない」

「そういうことだけではなくて……ファレル様のシャツだって着せたりして……」

「ああ、そうか……シャツ一枚だと危ないな、いろいろと」

「むぅう……」

セティが頬を膨らませる――今の冗談は良くなかったか。

「……はっ……す、すみません、僕、ファレル様を困らせるようなことを……」

「いや、心配はもっともだ。やるべきことをやったらすぐに合流するし、よそ見をしたりはしない。約束だ」

「っ……は、はい、約束です。真っ直ぐ帰ってきてくださいね」

セティは機嫌を直してくれたようで、グレッグたちを運ぶための馬車を手配に向かう。リィズとアールも一緒についていった――途中で目的地ごとに分かれるのだろう。

「……私はそんなに悪い女性《ひと》に見えるのでしょうか？」

「まあ見えるな」

「ふふっ……冗談です、自覚はありますので」

あるのか、と突っ込みを入れたくなるが――セティにはそういった軽口の応酬さえ『良くない』と判定されそうなので、何も言わずにおいた。

◆◇◆

シーマと一緒にもう一度大迷宮に戻った時には、ガディは目を覚ましており――何も言わなくても、運ぶべきものの運搬《うんぱん》を手伝い始めた。

「っしょ……これで全部運び出したぜ。粘液で駄目になってるもんもあるが、普通に使えるもんもありそうだな」

「なかなか早いな。助かったよ」

「よせよ、あんたは礼なんて言わなくていい。俺も仲間のありがたみってのを感じてるとこだ、松明《たいまつ》もないんじゃこの暗闇はこたえる」

「心を入れ替えて、またやり直す……と言いたげですね。私もお説教をする立場ではないですが」

シーマが言うと、ガディは肩をすくめる。二人ともジュノスと一緒にいた時とは別人のようで、まるで憑《つ》き物が落ちたようだ。

「……あんたに負けて、自分がいかに驕《おご》ってたか分かったよ。だからってこれまでの自分を消せるわけじゃない」

「これまでに何をやった？」

「あんたに言ったら、今からでも叩き斬られるようなことばかりさ」

それを言うのならば、俺は——セティを見殺しにしたこの男を、斬ることもできる。

「迷宮で俺に会うのが楽しみだって言ってたな」

「身の程知らずだった。特級なんてのはジュノスにぶら下がって得た称号だ」

「それでもお前は『黎明の宝剣』の一員だったんだろう」

「……ジュノスは文字通り『宝剣』を集めている。だがそれがなぜなのか、俺は知らない。俺は駒として使われながら、その立場に乗じていたんだ」

『宝剣』——ジュノスがこの大迷宮に来た目的も、そこにあるのか。

「俺が特級の一員でいられたのは、ロザリナの力があったからだ。あんたも気をつけろよ、戦士があいつに目をつけられれば……」

「肝《きも》に銘じておくよ。だが、かつての仲間の手の内を明かすのは感心しない」

「……そうだな。やっぱり俺は、どこまでも最低な奴だ」

「自分を卑下《ひげ》しても、ファレル様は喜ばれるような方ではありませんよ。それよりも……私たちが戻らないことで、ジュノスたちはどう出ると思いますか？」

シーマが問いかけると、ガディはそれほど考えることもなく答えた。

「あいつは中層街に行くと言っていたし、俺たちも後から合流する予定だった。もし俺たちが来ないと分かっても、そこから迷宮に潜る前に『仕事』を終えるだろうな」

「『仕事』……？」

「ジュノスは私たちに内容を言ってはいませんでした。彼の受けてくる仕事は、そういったものが多いのです……分け前を与える以上は、私たちには意見をするなと」

その仕事がギルドからの正式な依頼であれば、仲間に伏せる理由はまずない。

内容を明かさなかったということは、後ろ暗いものだということ。中層街で何かをするのか、それともそこから深層に向かうのか——いずれにせよ、どうにも胸騒ぎがする。

「俺たちが話せるのはそれくらいだ。仕事を終えれば、おそらくジュノスたちはエルバトスから去るだろう」

「……そうしてくれるといいのですが。合流しなかった私たちを見逃すとは思えません」

ジュノスたちの『仕事』とは一体何なのか。彼らがこのまま中層街に向かうなら、『祈りの崖』を使う経路であれば追いつくことができる。

だとしても、中層街の門が開いている時間帯に着かなければならない。今の時間ではもう遅いので、明日の日中ということになるか。

「話は分かった。ひとまず、集めたものを向こうに移動させよう」

俺の指示を受けて、シーマが詠唱を始める。エルバトス側に移動した時には、リイズが連れてきた司祭と僧侶たちが待っていた。

「この方々が、迷宮内で命を落としたのですね……リィズ殿から話は聞いております。すぐに教会に運ばせていただきます」

二十一名の冒険者がこれから蘇生させられることになる。考えることはまず一つ、一息つきたい——どこかで身を清めたあとで。

第六章

1　熱狂のギルド

エルバトス外郭《がいかく》の西区、『冒険者の支度場《したくば》』と呼ばれている一帯に、百近い病床《びょうしょう》を持つ医院が一つある。エルバトス西区病院というそのままの名前だ。

グレッグたちはそこで衰弱した身体の治療を受けた。グレッグのみが先に目を覚まし、クリムとオルセンはまだ治療を受けている。

半刻ほど待つことになったが、グレッグに面会することが許されたので会いに行った。セテイ、リイズ、アールの三人も同行している。

ガディは迷惑をかけた人々への謝罪に向かい、シーマにはその監視役を頼んだ。その後は『黎明《れいめい》の宝剣』として借りている宿に戻るわけにもいかないので、それぞれ解散するらしい――シーマは後《のち》ほど連絡すると言っていたが、どうなることやらといったところだ。

「おお……しばらく見ないうちに人数が増えてる。どうも、ファレルの親友のグレッグです」

やつれた顔をしながら、ベッドの上で剽軽《ひょうきん》に笑うグレッグ――元気そうなのは何よりだが、いつも通りの言動に気が緩《ゆる》む。

「また調子のいいことを……それよりグレッグ、知り合いを助けるために潜《もぐ》ったって聞いたが……」

「ああ、俺も意識が朦朧《もうろう》としてたからうろ覚えではあるんだが。黒い触手にやられちまって、もう駄目だったろうな……あのデカブツに食われでもしたら……」

「あの場で見つけた二十一人は街まで運んで、教会で蘇生してもらってる。その中に尋《たず》ね人がいるといいんだが」

「所持品の中にギルドタグというものがあったので、記載されていた名前の写しをいただいてきました」

「おお……ありがとう、リィズ」

リィズが連れてきた司祭一行が、教会に遺体を運ぶ前に所持品を調べてくれていた。羊皮紙《ようひし》に書かれた名前を見て、グレッグが目をかすかに見開く。

「『翼馬亭《よくばてい》』に出入りしてる、知り合いのパーティの名前が載《の》ってる。まだ蘇生のことを考えると良かったとは言えないが、連れて帰ってもらえたんだな」

安堵《あんど》した様子のグレッグ。しかし同時に、自分で助けられなかったからということか、シーツを握る手に力が込められている。

「グレッグたちが救援に出たと聞いて、俺たちも階層主《ぬし》を倒さなければならないと思った。『黎明の宝剣』はギルドの要請を受けたが、全員で戦いはしなかった……お前たちの勇気は、特級以上だ」

「……そうか。特級なら階層主でも蹴散らせてたか？　けど戦ってくれねえんなら、いくら強くてもな。俺にとっちゃ、ファレルの方が救い主だ。あんたたちも、ありがとう」

「ご無事で何よりでした。ファレル様は、グレッグさんたちのことをとても心配なさっていたので……」

　軽い言い方でも、自分を親友と呼ぶような人間のことはそれなりに案じるものだ。

「こいつは枯れてるようでいて、仁義に篤《あつ》い奴なんだ。それに腕も立つってんで、うちのクリムも慕《した》ってる」

「ちょ、ちょっと、何言ってるんですかグレッグさん。もー、ほっとくとすぐ保護者みたいなこと言うんだから」

「はっはっ……すまんなファレル、騒がしくして。今回は助けられてしまったな」

　クリムとオルセンが病室に入ってくる――二人とももう大丈夫そうだ。

「む……初めてお目にかかる、私はオルセンという。ファレルのパーティに新たに僧侶《プリースト》が加われたということか」

「初めまして、リィズと申しますわ。まだパーティの一員というわけではありませんが、今回は共同で救助を行わせていただきました」

「そっちの剣士さんもってことだよな。改めて礼を言うよ」

「とんでもない、私もその場に居合わせ、手伝わせてもらったという次第なのでな。すべてファレル殿の厚意によるものだ」

アールがそんな言い方をするので、グレッグたちが俺を見る目に好奇心が宿るのを感じる
――どういう関係なのかと聞きたそうだが、まだ知り合ったばかりと言うほかない。

アールの剣術に、見ていて思うところはあるのだが。技術の礎《いしずえ》になっている剣術があり、その上で我流の剣を使うというのは、俺も似たようなことをやっている。

「私は盗賊《シーフ》なので、まだお手伝いできる余地はありますよね……？」

「まあそういうことだから、ファレル、たまにはクリムも連れていってやってくれるか」

「リィズ殿が一緒であれば、僧侶魔法の必要な場面でも安心できるな」

「い、いえ、わたくしなどより、お祖父《じい》様の方が僧侶としての経験は豊富だと思いますわ」

「謙遜《けんそん》することはない、階層主の討伐に参加したならば、昇級ということになるのでな」

「わ、わたくしが……初級になったばかりなのに、もう中級になれてしまいますの？」

「私もまだこの街で冒険者として活動を始めたばかりだが……中級か。ファレル殿も確か同じ級だったたな」

冒険者として大きな功績を上げ、条件を満たすと昇級申請ができる。

俺がずっと級を上げずにいたのは、そういうことにこだわりがなかったからだ。昇級申請をしなければ、どんな仕事をしても級が上がることはない。

しかし、セティがいる今は考えが変わってきている。彼と一緒に冒険していくため、必要ならば級を上げるのもいいと、そう思えるようになった。

「ギルドに報告すれば、セティも昇級できるな」

「っ……僕も、ファレル様と同じ級になれるんですか？」

「ああ。こうなったら、上級以上も目指してみるか。その方がいろいろと融通《ゆうずう》が利《き》くようになる」

「は、はいっ……ファレル様がそうおっしゃるなら。これからも頑張りたいですっ」

セティが目を輝かせている——その姿は俺には少々眩《まぶ》しいが、今の俺は彼に引っ張ってもらっている節《ふし》があるのも確かだ。

「しかし……今回の功績はとんでもなさすぎるというか。特級が頼まれた仕事をやってるのなら、実質特級みたいなものだよな」

「私たちだけじゃなくて、捕まってた人をみんな助けてくれたんですよね……ファレルさん、街の英雄になっちゃいませんか？」

「ファレルの日頃の振る舞いを見ておると、あまり大事《おおごと》になりすぎても……というところか」

「まあ、そうなるな。三人とも、次にこういうことがあってもあまり無茶するなよ」

「階層主が次から次に現れる、なんてこともないだろう……たぶんな。しばらくは楽な仕事でもして骨休めしてるよ」

グレッグがそう言うと少々不安が過《よぎ》ったが、その時はその時だ——としか言いようがないか。

未知の階層主が突然出てきた、なんてことが今後しばらくの間起きないとは断言できない。

◆◇◆

病院を出た後はギルドに向かう。リィズとアールは『金色《こんじき》の薫風亭《くんぷうてい》』で仕事を受けたとのことで、階層主討伐の報酬は向こうから出るようだ。

俺はセティと一緒に『天駆《あまか》ける翼馬亭』に向かい、中に入る——すると。

「——ファレルが帰ってきたぞ！」

「うぉぉぉぉ！　万年中級のファレルがやりやがった！」

「あいつは俺たちおっさんの星だ！　行くぞお前ら！」

男性冒険者たちが俺に向かって殺到してくる——ひとまず驚いているセティには退避してもらう。ここは俺に任せろ、というやつだ。

「胴上げするにはちょっとコイツは重いぞ！　筋肉がすげえからな！」

「エルバトスの冒険者を舐《な》めんじゃねえ！　せーの！」

「ちょっ……お前ら、悪乗りしすぎだ……っ」

「「「天駆ける翼馬亭に栄光あれ！　わっしょい！」」」

担《かつ》ぎ上げられて宙を舞う、三十半ばのおっさん——いったい何をしているのかと思ったが、皆の熱量は思ったよりも凄《すさ》まじい。

セティは胴上げを遠巻きに見ている側に交ざり、笑顔で拍手をしている。すっかり他人事《ひとごと》という風情《ふぜい》だが、うちの相棒は胴上げは遠慮したいということらしいので、ここは俺だけで乗り切るしかないようだった。

2 徽章

　胴上げが終わった後、揉《も》みくちゃにされたが、イレーヌが来てくれて何とか抜け出すことができた。

　面談室に入るなり、イレーヌは深々と頭を下げる――こんな対応をされたのは初めてだ。

「ど、どうした？　そんなにあらたまって」

「このたびは、本当にお疲れ様でした。大変なお仕事を頼んだのに、その日のうちに解決してしまわれましたね……」

　顔を上げたイレーヌの瞳が潤《うる》んでいる。確かに、この規模の仕事をしたのは初めてかもしれない――階層主を倒すなんて派手な真似は、ギルドからの依頼という形ではしてこなかった。

　つまりまだ被害が報告されていない階層主と戦ったことはあるということだ。討伐というわけではなく、撃退という形ではあるが。

「まず階層主の討伐についてですが、詳しいお話を聞かせていただけますか？」

「おそらくだが、他のパーティを襲う際には身体の一部の形態を変えていたりして、本体の姿はまだ報告されていなかったと思う。巨大な蛸《たこ》の魔物だった」

「未確認の魔物ということですね……襲撃に遭《あ》ったパーティの方が教会に収容された遺体を確認していますので、ファレルさんが倒したのは該当《がいとう》の魔物と見ていいでしょう」

階層主とは『領土』を持つ魔物のことだ。あの洞窟と周辺一帯を支配下に置いていた黒い蛸は、その条件を満たしている。

あの蛸がこれまでずっと地下にいて他に影響を及ぼさなかった状態だったならば、『領土』が消えたとしても二層の勢力図が変化するということもないだろう——数日は警戒した方がいいが。階層主を討伐すると、他の階層主が移動を始めることもある。

「それでイレーヌ、もう一つ報告があるんだが。『黎明の宝剣』のメンバー二人が別行動を取っていて、階層主に捕縛され……操られて、俺たちと一度交戦した。今は正気に返って、街に戻ってるけどな」

「っ……そ、そんなことが……特級パーティの方々でも、やはりファレルさんはお相手できるということなんですね」

「ま、まあそうだが……特級の六人が揃《そろ》っていたら普通に戦う気はしないぞ」

「普通に……いえ、あまり突っ込んで聞くのは駄目なんですよね、ファレルさんとの約束ですから」

別に約束はしていないが、イレーヌが察してくれて深く聞かずにいてくれる——はずだったのだが、最近は抑えが効いていない気がする。

「約束……」

「ん？　どうした、セティ」

「い、いいえ。ファレル様には、僕がまだ知らないこともいっぱいあるんだなって……」

「それはもう、いろいろお話できることがありますよ。私がここで働き始める前の数年間について、知らないのが私としても残念なくらいで……」

「俺は普通に冒険者をやってたつもりだが……」

そう言ってもイレーヌは楽しそうに笑うばかりだ——こうなってしまうとこちらの言い分は聞いてもらえそうにない。

「ファレルさんは地道にやっていきたいとおっしゃいますけど、やっていることは凄いんですよ。そうですよね、セティさん」

「はい、ファレル様はいつも驚くくらい、凄いことをしてますっ」

「意気投合してるな……セティ、どっちの味方なんだ」

「あっ……え、ええと。ファレル様もイレーヌさんも、両方……ですっ」

なかなか言うようになったな、と舌を巻く。隣に座っているセティの頭に手を置き、イレーヌを見やると——机に頬杖をついてニヤニヤとしていた。

「なんだ、礼儀正しい受付嬢はどこに行った」

「お二人のことはずっとこうして見ていられるなと思いまして……でも、そろそろお話を進めないといけないですね」

イレーヌは依頼内容の評価と、算定された報酬の書かれた表を出してくる。

「階層主の討伐報酬が白金貨二十枚、即日解決により五枚追加……そこに救助の報酬が加算……待て、ちょっと多すぎないか？」

「いえいえ、間違っていませんよ。迷宮内で亡くなっていた方々は、回収のために保険をかけていたんです。そちらの保険業務を代行したということで、こちらの金額になります」

討伐報酬だけで白金貨二十五枚。それに加えて上位パーティの十二名は一人あたり白金貨三枚、中級の九名は一人あたり一枚――一回の仕事で得た報酬が、白金貨五十枚を超えるとは。

白金貨は金貨十枚に相当するので、金貨七百枚分。保険業務の代行でこんなに報酬が出るとは思ってもみなかった――だが。

「こういう形で金をもらうつもりはなかったからな。救助報酬はこんなに受け取れない。蘇生に金がかかるだろうしな」

「保障の中には蘇生代金に充当される分もありますので。こちらの金額は決定事項になります」

「っ……そ、そうなのか……」

「ファレルさんはいつも無事に帰っていらっしゃいますし、記録を見ても教会で蘇生された経験がありませんから、どれくらいの額になるかご存じなかった……ということですよね」

その通りなので頬を掻くしかない。制度の範囲内で、今回が特例というわけでないのなら、報酬を断る理由はなくなる。

「わかった、ありがたく受け取っておくよ。大金だから使う時ごとに引き出させてくれるか」

「かしこまりました。それとセティさん、おめでとうございます。今回のことで昇級試験は合格となりましたので、中級冒険者の徽章《エンブレム》をお渡しします」

「っ……あ、ありがとうございますっ……！」

イレーヌが小さな箱を取り出し、それを開けると中には徽章が入っていた。青銅の徽章――俺がつけているのと同じものだ。

「ファレル様と同じ……あ、あの、イレーヌさん。ファレル様はたくさんお仕事をされてきたんですよね？　それなら、もう……」

「ファレルさんは昇級の申請をされないので、私からもお勧めしてはいるのですが……」

「ああ、その話なんだが。セティと同時に上級に上がれるように、申請してみようと思う」

「っ……ファレルさんが、昇級をお考えに……大変、雪でも降るのかしら」

「驚くのはもっともだが、行けるところまで行ってみることにした。そういうわけで、よろしく頼む」

「こちらこそよろしくお願いします。ああ、今後も楽しみですね……セティさんのおかげですよね、ファレルさんの心境に変化があったのは」

「えっ……い、いえ、僕は……」

その通りだと答えたら、さらにセティは恐縮してしまうだろう。

「……自分でつけられるか？」

「あっ……は、はい……すみません、指が震えて……」

緊張している様子のセティ。自分で徽章をつけようとするが、なかなか上手くいかない。

「貸してみな」

「っ……ファレル様……」

俺が後を引き継ぎ、外套《クローク》に徽章をつける。セティはそれをじっと見ていたが——やけに顔が赤い。

「……もしかして熱があるのか？」

「い、いえ、平気です。ありがとうございます、ファレル様」

「改めまして、おめでとうございます。今日はゆっくり休んで、英気を養ってくださいね」

報告を終えて、こっそり裏口から外に出る——見つかったらまた騒ぎになってしまうかもしれないし、さすがに一息つきたい。

あとは明日あたりにもう一度迷宮に行き、素材の調査をしなくてはならない。素材調査の専門家がいるので、今日のうちに話を通しておく——それが終わったら、まずは風呂だ。

「ファレル様、今日のお夕飯はどうされますか？」

「そうだな……材料を買いに、後で市場に寄っていくか」

少しだけ持って帰ってきた黒蛸《くろだこ》を使って何か作るか、さっき一度食べたので貯蔵庫に入れておき、別の料理を作るか。歩きながら考えることにしよう。

3　学者

——エルバトス外郭西区　十番街——

以前も訪ねたことのある鑑定所。この店の店主はハスミの姉で、素材調査を行っている『学者』だ。

店に入ってみると、確かに『営業中』と出ているはずだが誰もいない。

──かと思いきや、カウンターの向こうで、揺り椅子に座ったままで寝ている女性がいる。

「……店を開けたままで寝てていいのか？」

「……ん。やあ、ファレルじゃないか。ちょっと休んでいただけだよ」

彼女は白狐《しろぎつね》族の特徴である獣耳や尻尾は魔法で人の目に映らないようにしている。そのため、パッと見ただけでは獣人とは分からない。

学者としての正装ということらしく、いつも白衣を着ている。医者のエドガーも同じような格好をしてはいるが。

「君がファレルのところに来たっていう子か……少年、でいいのかな」

「はい、セティと申します、よろしくお願いします」

「私はハスミの姉でヒヅキという。ファレルには妹が助けられたことがあってね、それから親しくさせてもらっている」

「親しく……ご友人ということですか？」

「うん、そうだね。私にとって彼は初めての、人間の友人だ」

初めて会った頃のヒヅキの『人間嫌い』は相当なものだったが、今では俺以外にも知り合いができて、この街に馴染《なじ》んでいる。

「ハスミは今、上でお昼寝をしているよ。鑑定品が多く持ち込まれてね、さっきまで鑑定書を作っていた」

「それは大変だったな……」

「ファレルも鑑定の話なら、少し後にまた来てくれるかな……ん？　そうじゃない？」

俺はヒヅキに、先程階層主を討伐してきたこと、その素材をまだ持ち帰っていないので、現地で見てもらいたいという旨《むね》を伝えた。

「なるほど、転移陣か……そして、階層主の黒い大蛸。蛸という生き物は、昔は貝殻《かいがら》を持っていたんだけれど、今となっては失ってしまっているものがほとんどだ。つまりその大蛸は、蛸の原種のようなものだと考えられるね」

「そもそも迷宮の中に蛸がいるっていうのが、どういう理由なのか分からないけどな」

「一つ考えられるのは、その辺りが昔海の中だったとか。もう一つは、大迷宮の中に魔物が出現する現象の一環で、突如として現れたかだね。『自然召喚』とも言えるものだ」

「すごい……ヒヅキさんは、何でもご存じなんですね」

セティが目を輝かせている――ヒヅキは気を良くして、揺り椅子から立ち上がってこちらにやってきた。

「私はこの近くで場所を借りて私塾もやっていてね。セティ君も良かったら顔を出さないかい？　ファレルも来ていたことがあるんだよ、勉強したいと言ってね」

「素材の知識があれば、何を持って帰ってくればいいか分かると思ってな……まあ、膨大《ぼうだい》すぎて一部しか覚えられなかったが」

「ファレル様も……それなら、僕もヒヅキさんの授業を受けてみたいです」

「いい子だ。まあ、そういった用でなくてもここには来てもらって構わないよ。ハスミはセティ君のことも気に入ったようだからね」

「……お姉ちゃんがいろいろ言ってるけど、だいたいは当たってる」

話し声が聞こえたからか、ハスミも二階から降りてきた。この二人の種族の民族衣装なのか、店の中では珍しい服を着ている――こうして見ると姉妹でよく似ている。

「お姉ちゃん、ファレルたちと一緒に行くの？」

「留守の間が心配だから、お店は閉めておくことにしよう。ハスミもたまにはゆっくりしているといい」

「うん、分かった。ついていきたいけど、私の術はまだまだだから」

「できれば明日あたりに頼みたいんだが、予定は大丈夫か？」

「ああ、大丈夫だよ。明日の午前中には君の家を訪ねよう」

無事に約束は取りつけられた。あとはシーマだが、連絡先は『天駆ける翼馬亭』としてあるので、明日の朝に顔を出して確認すればいいだろう。

◆◇◆

夕飯の材料を買い足して、いったん家に戻る――荷物を置いた後、近隣の浴場を借りるために再び家を出る。

「迷宮から出た後は、公衆浴場を使うんだ。冒険者は結構そうしてる奴が多い」

「なるほど……」

「セティは家の風呂の方が落ち着くか？」

「っ……は、はい、そうなんですけど。ファレル様と一緒なら、大丈夫です」

「公衆浴場は結構混んでるからな。金があるときは貸し切りの個室風呂にした方がいい。そういう冒険者向けの施設があるのが、エルバトスのいいところだな」

話しつつ風呂屋に向かう。二人で料金は銀貨一枚ずつ——ちょっとした仕事をするだけでは個室風呂になんて入っていられないが、今日の俺たちの場合は問題ない。

鍵を借りて、脱衣所に入る。装備を外そうとしたところで——セティが部屋の端っこで、顔を覆《おお》ってこちらを見ている。

「そうか、まだ緊張するよな……」

「い、いえっ……その……ファレル様には、先に入っていていただけると……」

「ああ、分かった。じゃあ中で待ってるからな」

浴室に入る——小さめの浴槽で、二人で入ると湯が溢《あふ》れるくらいではある。

まず湯を浴びて汗を流し、それから髪を洗い始める。すると、セティが入ってきた。

「……ファレル様、髪を洗ってさしあげてもよろしいですか？」

「ん……いや、自分で……」

「い、いえっ。その、洗い場が一つだけなので、ただ待っているだけというのは……」

そういうことなら断るのも悪いか――先に浴槽に浸かるというのは、セティとしては無しらしい。

「じゃあ、頼んでいいか」

「っ……はい。ファレル様、こういう感じでいいでしょうか」

「もう少し強くしてもいいぞ」

俺の頭を洗うのはまだ二度目のセティの手付きは最初こそぎこちなかったが、徐々に慣れていく。

そうなってくると、セティの手際《てぎわ》はますます良くなり、眠くなるほど心地がいい。

「……では、泡を流しますね」

「ありがとう。後は自分で……」

「いえ、まだ終わっていませんから。ファレル様はじっとなさっていてください」

「そう言われてもだな……セティも疲れてるだろうに」

「そんなことはありません、全然元気です」

声が弾《はず》んでいて、微妙にはしゃいでいるようでもある――そうなると俺も弱く、セティのするがままに任せてしまう。

「……ファレル様……背中には傷がほとんどないのに、その、身体の前の方には……」

脱衣所で服を脱いだ時に見ていたのだろうか――セティの言う通り、俺の身体の正面側にはいくつか傷がある。

「まあ、なるべく敵の攻撃を正面で捌《さば》くようにしてるからだな」

「……ファレル様は、どんな相手を前にしても決して下がることをなさらない。その勇敢さを、称《たた》えない人なんていません。今日一日だけで、そのことがよく分かりました」

「それはどうだろうな……まあ、逃げる方がいいって時は逃げるけどな」

「僕もそう思います。その時は、僕が炎や雷で、追ってくる相手を牽制《けんせい》しますね」

「そいつは頼りになるな。さすがは俺と同じ中級冒険者といったところか……セティはどんどん強くなっていくんだろうな」

何気なく口にしたことだったが、セティが俺の背中を洗う手が止まる。

「どうした？」

「……僕はファレル様と一緒に、強くなりたい……です。駄目ですか……？」

「っ……あ、ああ。すまない、突き放すみたいに聞こえたか」

「良かった……すみません、勝手に不安になってしまって」

セティは俺の腕を洗ってくれる。後ろ側から手を回しているので、背中にセティの身体が触れている——固く巻いている包帯の感触だ。

傷はもう癒《い》えているのなら、上半身の包帯は外してもいいんじゃないか——そう思うが、セティがどうしたいかが大事だ。

「ファレル様、気になるところはありませんか？」

「ああ、大丈夫。じゃあ俺も、セティの髪だけ洗うことにしようか」

「は、はい……すみません、包帯はつけたままの方が落ち着くので」

セティに座ってもらい、髪を洗い始める。折れていた角が再生してきている——それでもまだ大きく欠けているので、完全に再生するには時間がかかりそうだ。

「この辺りは触っても大丈夫か？」

「はい、もう大丈夫です……ファレル様、お上手です」

「それは良かった」

泡を流すと、セティは後ろ手に銀色の髪をかき上げてから布でまとめる。

「……え、ええと。ファレル様……その……」

「ああ、俺はもう出た方がいいか？」

「い、いえっ……せっかく貸し切りにしたのに、出てしまうのはもったいないです」

しかしセティは身体を洗わなければならず、それを俺に見られるのは恥ずかしい——ということであれば。

「じゃあ、こうするか」

「ありがとうございます、ファレル様」

俺は浴槽に入り、セティに背中を向けた状態になる——壁の方を見ているのもなんなのでいったん目を閉じる。

どうやら今セティは包帯を解いているらしい。傷の状態を確めたほうがいいのではとも思う

が、それはエドガー医院のリベルタに頼むべきことか。

「……ふふっ」

「どうした、セティ」

「いえ。ファレル様のことをこうして見ていると、何だか落ち着きます」

「っ……なんだそりゃ……」

セティが身体を洗い終えるまで待って振り向くと、しっかり包帯が巻き直されていた——入れ替わりでセティに浴槽に入ってもらい、俺は先に脱衣所に出る。

「〜♪」

浴室からは前にも聞いた、歌詞のない歌が聞こえてくる。後で歌のことを聞いたら教えてくれるのだろうか——そんなことを考えながら、帰りの服に着替えた。

ADDITION　セティの視点

ファレル様が、家の外のお風呂に連れてきてくれた。その間、僕はファレル様の背中を追いかけるようにして歩きながら、ずっとふわふわした気分だった。

地面に足がついていないみたいな感じで、でもこんな気持ちでいるのをファレル様に知られたら、怒られてしまいそうで——ファレル様はとても優しくて、そんなことにはなりそうもないのに、ずっと胸がうるさいくらいに高鳴ってしまっていた。

「セティは家の風呂の方が落ち着くか?」

それにもどうやって答えたのか、自分であまり分かっていなくて、ファレル様と一緒なら大丈夫というのを伝えたくて、それをちゃんと言えたのかも分からない。

「っ……と」

ファレル様が服を脱ぎ始めて、それでも僕はまだぼーっとしていて――しばらく経ってからまじまじと見ていてはいけないと気がついて、思わず顔を覆ってしまった。

「そうか、まだ緊張するよな……」

ファレル様はやっぱり優しいので、僕の気持ちを慮《おもんぱか》ってそう言ってくれたけれど、僕が緊張しているのはきっと、ファレル様が思うのとは違う理由で。

ファレル様が浴室に入った後で脱衣所に一人になって、服を脱ごうとしても手に力が入らなくて、それでもなんとか脱いだけれど――こんな僕でも何もつけないと女性だと分かってしまうので、包帯はそのまま解くことができなかった。

「……ファレル様、髪を洗ってさしあげてもよろしいですか?」

「ん……いや、自分で……」

浴室に入って僕がまず言ったことはそれだった。ファレル様が背中を向けてくれていたら、もう口から飛び出そうなくらい高鳴っている心臓が、少しは鎮《しず》まってくれるかなと思ったから。

遠慮しているファレル様の反応を見ると、また今までとは違う、自分が知らなかった気持ちが芽生えてくる。

（僕は何を考えてるんだろう……ファレル様のことが、可愛いだなんて）

ファレル様の髪を洗いながら、もっと自分にできることはないだろうかと思う。こんな時に考えることではないのかもしれないけど、どんなことでもしたいし、何でも言ってほしい。

「……ファレル様……背中には傷がほとんどないのに、その、身体の前の方には……」

「まあ、なるべく敵の攻撃を正面で捌くようにしてるからだな」

なんでもないことのように言うけれど、僕はファレル様が勇敢に戦うところを見ていると、ついその姿を目で追ってしまう。僕が今まで会った中で一番強くて、でもその力を誇示したりすることがない人——そういう人こそが英雄なのだと思う。

「じゃあ俺も、セティの髪だけ洗うことにしようか」

（あっ……）

交代してファレル様に髪を洗ってもらっている時、僕の尻尾がファレル様の体に触れた。角を触られながら尻尾もファレル様に触れている。他のことで尻尾が何かに触れても何も思わないのに、ファレル様の身体に触れるのは全然違っていた。

もし僕に勇気があったなら、包帯を解いて洗ってほしいとお願いしていたかも——ファレル様にそこまで面倒を見ていただくことはできないのに、少しだけ思ってしまった。

「……え、ええと。ファレル様……その……」

「じゃあ、こうするか」

最後は一人にならないと身体を洗えない。それを察してくれたファレル様は、僕のことを気《き》遣《づか》って後ろを向いてくれた。

こうしてこれからも一緒にお風呂に入れるのなら、僕は毎回頭の中で大騒ぎをするだろうけど——ファレル様はきっと、しばらくは気づかないでくれるのかなと思った。

あとがき

本作の執筆に至ったのは「料理は人を癒《いや》せるか?」という疑問が発端《ほったん》でした。『食べる』という行為が肉体、精神に及ぼす影響についてはそれこそ千差万別の考え方があるものだと思っています。食べ物の好き嫌い、美食への探求心、昔食べたあれをもう一度食べてみたいという欲求――それらはきっと、異世界の人々にも通じるものであるはずです。つまり美味《おい》しいものを食べるとき、人は自由でなくてはならないということです。多分、おそらく、あるいは。

取り留めもなく恐縮ですが、ご挨拶《あいさつ》に移らせていただきます。担当編集様、ダッシュエックス文庫編集部の皆様、本作の出版までにご尽力《じんりょく》を賜《たまわ》り、重ねて御礼を申し上げます。校正担当の方におかれましては細部までご指摘いただき誠にありがとうございます。

イラストを担当していただきました福《ふく》きつね先生には、作者の細かい要望まですくっていただき、作品世界が生き生きと鮮やかに彩られました。ひとりひとりのキャラクターが筆舌《ひつぜつ》に尽くせないほど魅力的で、今もまだ一日一万回感謝の正拳突きを続けています(誇張表現)。

そして何より、本作を手に取っていただいたあなたに心よりの感謝を申し上げます。

ありがとうございました。

暖かな春を待ち望みつつ　とーわ

ダッシュエックス文庫

元聖騎士団、今は中級冒険者。
迷宮で捨てられた奴隷にご飯を食べさせたら懐かれました

とーわ

2025年1月29日　第1刷発行

★定価はカバーに表示してあります

発行者　瓶子吉久
発行所　株式会社　集英社
〒101−8050　東京都千代田区一ツ橋2−5−10
03(3230)6229(編集)
03(3230)6393(販売／書店専用) 03(3230)6080(読者係)
印刷所　大日本印刷株式会社
編集協力　法貴仁敬

ISBN978-4-08-631584-5 C0193